# 温暖有爱的家

- 1982年春节，爷爷、奶奶七十岁，在江西省石城县琴江镇古樟村樟树坪的家门前拍摄的全家福

  前排左起依次为姐姐黄珍平、母亲熊碧霞、妹妹黄爱霖、奶奶陈美英、弟弟黄耀平、爷爷黄顺良、父亲黄治声；后排左起依次为大嫂赖秋莲、大哥黄流芳、三哥黄流阳、二哥黄流华、黄伟林

- 2019年10月，父亲八十大寿，在江西省石城县琴江镇古樟村樟树坪的家门前留影

  前排为父亲黄治声，后排左起依次为妹妹黄爱霖、姐姐黄珍平、二哥黄流华、大哥黄流芳、三哥黄流阳、黄伟林、弟弟黄耀平

● 1994年，与妻子温丽勤、儿子黄海，在江西省委党校新校门前留影

● 2002年，与妻子温丽勤、儿子黄海，在上海人民广场留影

● 写信,是我与孩子深度交流的一种有效方式

● 2024年8月,与儿子、儿媳、孙子合影

# 学习与工作掠影

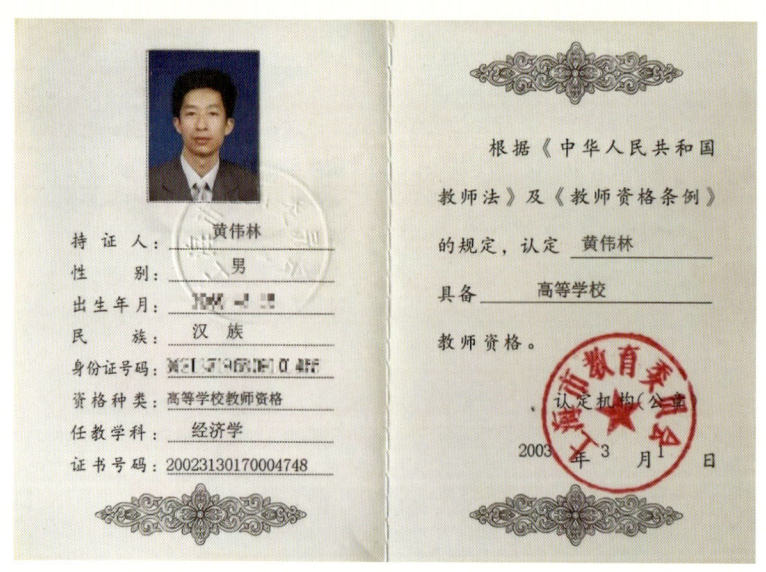

- 两张教师资格证书是我学习和成长的记录，也是我对教育的热爱与承诺

● 2014年10月，赴井冈山开展现场教学时留影

● 2015年1月，参加中共中央党校学习培训期间在校园留影

● 2020年9月16日，为上海市黄浦区委党校全体教职工讲授专题党课

● 2023年2月17日，在上海市黄浦区三届人大常委会第八次会议上，被任命为黄浦区人民代表大会常务委员会研究室主任。图为宪法宣誓时的场景

# 我与书法的机缘

　　我现在能写一手不太难看的字是受父亲影响。从我八九岁开始,父亲教我练习毛笔字。记得每年除夕,父亲带着我写春联、贴春联,有大门上的对联、房间门上的四字联,也有贴厨房门上、谷仓上甚至米桶上的,还有贴猪牛栏门上的,各式各样总得写上几十副。傍晚时分,我们把旧的联语摘下来,贴上新的春联,整个过程充满了除旧布新的仪式感。

龍飞

风华正茂
倩林

禅茶一味

黄伟林 著

# 飞鸿踏雪 心安是福
—— 从琴江到申江的岁月

上海社会科学院出版社
SHANGHAI ACADEMY OF SOCIAL SCIENCES PRESS

# 序　言

　　1982年8月的一天，骄阳普照，我们石城一群考中了宁都师范学校的同学，聚在县委大院，要一同去做入学体检。大家来自各乡的初中，彼此都不熟悉。当时传言身高要达到1.55米，但大家的身高大多还不到1.5米，没几个达标，这并不影响我们的快乐心情，很快我们就熟了。于是我们有了一个新的代码——"八二级的"。"八二级的"，那是我们骄傲的印记，因为我们是首届初中毕业生考上宁都师范学校的，是年级中的尖子生；"八二级的"，也是令学弟学妹们羡慕的一个象征符号——团结互助、个个都很"厉害"。

　　在这个"八二级的"中，有我的挚友伟林，我们相识便是永恒！

　　九月十九号吧，宁都师范学校八二级普师班终于开学了。说巧不巧，我跟伟林不但是同班——八二（1）班，而且是通铺的同铺。我们的宿舍是由一间教室改用的，宿舍十二张上下床供二十四位同学住宿，我们将其称作"鸭子床"。这些床铺两张两张地并排摆放，我和伟林的床铺恰好连在一起，这样我们一同铺就是两年，直到后来搬到十四寝室才分开了。

师范三年，我们形影不离，一起跑步、打球、学乐器、练书法、练长拳、在沙滩上练鲤鱼打挺、逛老街、看电影……第二学期开学，学校要举办班级合唱大赛，教我们音乐的袁玉祥老师选了伟林担任合唱指挥，选了我担任风琴伴奏，我们都很意外，为什么会是我们呢？既然被委以"重任"，那就加紧练习吧，不要辜负了袁老师。于是，伟林就去梅江边练指挥，我便去风琴房练风琴，练得差不多了，我们就一起合练。起初是伟林上场对着大家定神，然后侧身对着我，我就专注地看着伟林……不知对了多少次眼神。时间久了，眼神的交流便形成了默契，好同学变成了好兄弟。实际上我们的体格、气质本来就像是一对亲兄弟。

任何时候想起三年的师范生活，耳边常会想起《大海啊，故乡》《让我们荡起双桨》《骏马奔驰保边疆》等优美的旋律，眼前总是浮现初练书法、打篮球、吃酥子等情景。三年里，我们从未觉得"八二级的"有多卑微；三年后，我们从未辜负"八二级的"这一称号！

光阴荏苒，几十年转瞬即逝，我们都到了要退休的年龄。2024年中，伟林在微信上联系我，希望我为他的书稿《飞鸿踏雪　心安是福——从琴江到申江的岁月》撰写序言，并把书的初稿分享给了我。

作为伟林挚友，能被邀作序，我深感荣幸，也倍感诚恐。

那段时间，我常常深夜细读伟林的书稿，读着读着，几十年的交往经历，恍如昨日，挥之不去。到了周末，我们就微信视频，相谈甚欢，从琴江聊到梅江，从丰山聊到高田，从书稿的细节聊到整体架构，无话不谈，仿佛肩靠着肩、从未分离。

伟林是一个质朴的读书人。他把读书人分成两类：一类是曾经读过书的人；一类是坚持一直读书的人。伟林把自己定位为第二类——坚持一直读书的人。因为中师毕业起点低，只有老老实实"结硬寨、打呆仗"，慢慢读、慢慢学，坚持不懈地把读书变成自己的一种习惯、一种爱好、一种生活方式，才能跟上时代发展的步伐。

伟林在党校工作期间，真诚勉励学员们学好"看家本领"，一要读原著、学原文、悟原理；二要弘扬理论联系实际的学风，做到知信行统一、学思用贯通，不能学归学、说归说、做归做——这就是"学而时习之"。在开展党性教育谈心会上，要求学员们干好"六件事"：想干事、敢干事、干成事、善干事、干好事、不出事；一起谈心的学员们相互亮思想、谈观点、话委屈、说感悟、找根源、明方向，达到了统一思想、坚定信念、鼓舞干劲、提升境界的预期效果——这是"习而时学之"。

读书人爱思考、多理性、善总结。刚到上海工作不久，要总结提炼卢湾区[①]两个文明建设的成果，这是一个不小的课题，

---

[①] 卢湾区为上海市原市辖区之一，2011年上海市黄浦区、卢湾区两区行政区划调整方案获国务院批复，撤销黄浦区、卢湾区两区建制，设立新的黄浦区。

把握起来并不轻松。伟林抓住了"综合实力""城区架构""体制创新""社会事业""党的建设"五大关键词,借助大量的案例、翔实的数据展开叙述,语言精练、逻辑清晰,体现了一名文字工作者的格局与功底。如果说成果的提炼是回头看,那么战略的思考就是向前望,需要更大的视野。对于"世博大道"建设的若干思考,伟林从改善中心城区城市形态是功能定位、释放"世博效应"是发展定位、实现联动发展是品质定位等多维的定位认识,提出建设"世博大道"必须做到"全面规划,逐项实施"——没有大视野大情怀,不可能有这样的站位、有这样的思考。

伟林读书还有一个好习惯:爱做笔记、勤写心得。心得写多了,厚积薄发,金句频得,让人深受启发:

"苦难并不是财富,只有战胜了苦难、超越了苦难,'苦难'才是人生的财富。"

"做人,还是老老实实的好,要坚持做一个厚道、长情、靠谱的人。"

"一个人最大的痛苦是能力跟不上欲望。多读书,可以提升能力、开阔视野、淡泊名利;少欲求,可以消灾、免祸、得自在。"……

伟林是一个坚韧的行路人。初入宁都师范学校,我们俩个子小,体育项目大多勉强上及格线,唯有1500米长跑,伟林总是得"优秀"。跑过之后,我就套问伟林长跑秘诀,他对我说:"开始时,我就用力跑,争取不落人后,跑着跑着就开始慢下来,于是我就跟着跑。这时,要是有人要超过我,我就咬紧牙,绝不让人超过我……关键看你咬不咬得住!"

关键时刻能够"咬得住",是伟林能够从琴江走向赣江,从赣江走向申江的拼搏奋斗精神的写照!

1985年从宁都师范学校毕业后,伟林分配在丰山中心小学任教,我分配在高田中心小学,还有几位同学分配在岩岭初中,是同一条路上的几个乡镇,只是距离县城的远近不同。到了周末,我们有时相约到对方的学校走走。到哪里,哪里的同学便做东请大家吃饭。到丰山中心小学,学校的校长、副校长亲自接待我们,还请我们吃饭,大家感到受宠若惊。究其原因,他们一位副校长说:"你们'八二级的'真厉害,伟林好样的!"原来伟林一去那里,就被分配教毕业班,而且很勤奋、很谦和,校长对他的工作表现予以高度认可。工作第三年,伟林就被提拔为学校教导主任,是我们"八二级的"最早担任学校行政人员的。

从一位乡村小学教师到小学校长,从一位组织科科长到县委组织员,从一位党校教师到副校长,再到上海市黄浦区人大常委会研究室主任……每个阶段都必须能够"咬得住",否则很容易失去自身的竞争优势而落伍于时代。从中专到大专、本科、研究生……因为"咬得住",一个文凭都没有落下,到在职研究生毕业时已经四十多岁了,用伟林自己的话说:"这是一段自我加压、持续发力、自我超越的艰难长跑。"

因为"咬得住",人生才能一路朝前、一路向上!正如伟林所言:"没有谁的人生是容易的,每个人一生当中都要经历一些磨难、苦痛、幽暗的时期,只要自己不倒,谁也无法把你打倒。生命不息,奋斗不止。"

伟林是一个高尚的平凡人。和伟林在一起,很舒服,从来没有争执,正如他说的:"遇到矛盾,自己侧个身子低个头就过去了。"我们的家境都不算好,当时每个月家里只能邮来5元钱做生活补贴。到了周末,大家都去校内唯一的小卖部买点零食(买得最多的就是"酥子"),我们从不跟别人比,合起来轮流买、一起吃,一边吃酥子、一边聊天,天南海北的,很快乐,还省钱!我们把省下的钱用来买书,有时在书店看到好书,犹豫很久,手心里的一两块钱攥得都发汗了,相互鼓励着才买下一本好书。

毕业后,我们"八二级的"经常聚会,开始最多的是在城镇小学、琴江小学,一般先打一场篮球,然后去吃薯粉水饺,大家在一起很开心!过了几年,大家陆续成家,哪位同学结婚,我们就一起过去,上午摆凳桌、贴对联、买东西、布置新房,下午接亲、发糖果,晚上闹洞房……伟林主要帮助写对联,写好对联了再一起贴,贴好之后互相点赞,有说有笑,主人家的客人们看了对联,给"八二级的"递烟、敬酒。伟林一副腼腆的样子,总是摆摆手不接烟,即便接了一支,也是夹在耳朵上，甚是搞笑！

有人说："人与人之间的鸿沟是因为分工不同而掘成的。"其实不尽然，虽然后来我到了珠江之畔，伟林去了申江之滨，寒暑假回到石城，我们常常相约去爬西华山、李腊石，什么鸿沟啊，我们一见面拍一下手、确认一下眼神，鸿沟就跨过去了。路上走走停停，先说说家庭生活，然后讲讲工作，分享成绩，也谈思考的问题，因为有共鸣，所以总有说不完的话题。谈到爱妻丽勤，伟林言语中是哀伤、是感恩，言短情长，眼神里充满了眷恋……走累了，我们就在半山腰找一块草地，坐下来扔小石子，嘴里叼一根茅草，分享一些工作中的短视频、小音频，或者是朋友圈的回复，我们互相鼓励表扬一番，相谈还是少年，畅想满怀斗志！

每年春节，从申江回到琴江，回到他的老家石昌下，与家人们团聚，伟林就借机牵头召开"老黄家"五六十口人的大家庭会议。伟林给家人们讲"勤劳""正派""善良""孝顺"这些传统美德，告诫家人们要传承好的家风，要培育读书的种子。伟林在大家庭会议上讲话时，常常把道理融入一个个小故事，语言简洁，富有感染力。新冠疫情期间，他们的大家庭会议移到线上，也不曾间断，伟林说："一个大家庭中总要有人站出来说一说、提醒提醒，从正面激励引导，大家可以校正一下前进的方向，才能行稳致远！"作为大家庭的一员，用自己的言行、尽自己的责任提醒大家保持和弘扬好的家风家教，不是很有意义的事吗？

一个质朴、坚韧、高尚的人，这是我对伟林的印象。当你翻开这本《飞鸿踏雪　心安是福——从琴江到申江的岁月》慢慢读来时，字里行间呈现的是更立体、更生动的岁月情景。

本书正文分为五个部分："申城走笔"记录的是行走上海所做的调研与思考，并对城市的建设与发展提出自己的建议；"工作札记"是雪泥鸿爪，内容丰富，包罗万象，既走心也用心，把工作做到极致、做到一流，人生自可出彩、自可出新；"赶考印迹"内容不多，但是经历难得、真诚可见，尤其提到来到南平，带来了"一面自省的镜子"，努力做"南平人民满意的公仆"；"岁月悠悠"借助对父亲、母亲、爱妻的回忆，对儿子的叮咛，诉说人生的意义，感人至深；"微文心语"富有见解、金句频频，可以让人思接千载、视通万里，在这里可以看到理想、领悟方法，可以理解关系、学会选择……

一个人、一个梦、一条路、一个世界！这本书不仅是伟林对自己人生经历的回顾与总结，还是对那段奋斗岁月的深情致敬。书稿付印在即，我以四十多年交往友情为序，和大家一起慢慢走进伟林的世界，致敬我们每个人的奋斗岁月！

黄文虎<br>2025年1月31日

# 自　序

　　1968年重阳节后的第二天，我出生在江西省石城县一个名叫石昌下的小村子里。我的父亲是石城中学的第一届高中生，临近毕业那年休学回乡种田，在当地算得上是比较有文化的人。在种地之余，父亲还一直承接周边好几个生产队的会计核算任务，能增加些收入和粮油等食物。年近四十岁时，父亲当上了亦农亦教的民办教师，在退休前两年才得以转为公办教师。我的母亲是位家庭妇女，与父亲共同生育了七个子女，还抱养了我的大姐。家里十口人中有八个小孩，可以想见当年家务的劳累和生活的艰辛。

　　想起小时候，我记忆深刻且对我影响较为深远的有两件事情。

　　一件事情是我家吃饭的那些事。当年家里人口多，劳动力少，分到的口粮总是不够吃的。人们常说要"看菜吃饭"，我家里却是"看饭吃饭"，大家盛饭时不能盛多盛满，否则后面盛饭的人就没有饭可盛了。吃饭时常常是干的稀的大家匀着吃，才能勉强填饱肚子，十口人吃饭的餐桌上大多数时候只有一个炒菜，另加一小碟霉豆腐和萝卜干，其实大家就是象征性地夹点菜就把饭吃了，这种情况一直持续到我们兄弟姐妹全都成家立业之后才有所改善。因为在这样的家庭环境和生活习惯中长大，打小时候起，我就知道不管做什么都不能只顾自己不顾别人，不仅我们兄弟姐妹之间相互谦让、相互帮衬，走上社会后也常常能换位思考、与人为善，这也是从小时候起就刻在我基因里为人处世的一个原则。

另一件事情是我想去看看山那边是啥样子。当年常有飞播造林的飞机从我们村子的上空飞过，每当听到空中传来隆隆的轰鸣声，我都会抬头仰望，看着飞机渐渐飞远，最后变成一个小黑点消失在远处的一座平顶的山上。于是这座平顶的山，让只有三四岁的我产生了无限的遐想，想去看看这座平顶的山上到底停了多少架飞机，想去看看山那边是啥样子。这个想法我从没有跟任何人说起过，直到十几岁去砍柴，才发现这座平顶的山其实离我家并不太远，只有两三公里山路的距离，这山也不高大，山顶之上哪有可能停放着许多飞机呢？山的那边还是连绵的山。看到这些，我有些失望，觉得自己从前的想法还蛮可爱、蛮可笑的。但这幼稚的想法，也许正是我自己种下的渴望走出大山去看看外面世界的第一颗种子。

1985年7月，我从江西省宁都师范学校毕业参加工作，自此，我算正式走上社会开始独自讨生活了。我的第一学历是中专，起点很低，只能在走上社会之后不断地追赶。在担任小学教师期间，我通过自学考试，取得了南昌大学汉语言文学专业的大专文凭；后又在江西省委党校市场经济理论班脱产学习了两年，获得了大学本科文凭；来到上海工作后，我参加中央党校在职研究生班的学习，取得经济学专业在职研究生文凭。当我从中央党校在职研究生毕业时已经四十多岁了，从中专、大专、本科到研究生，这是一段自我加压、持续发力、自我超越的艰难长跑。我的第一份工作是乡村小学教师，那年刚刚十七岁。我曾担任过乡村小学的教导主任、校长，在老家的县委机关工作过五年；来到上海后，先后在区委党校、区级机关、市级机关工作过，工作的地域、层级跨度都有些大，岗位的变化也不少，这是一个不断接受挑战、雕琢和考验的锤炼过程。这些年来，我的生活也经历了好些波折、磨难，特别是相濡以沫的妻子英年早逝，成为我人生中难以愈合的伤痛。不知不觉间，那个想去看看大山之外是啥样子的小孩，早已走出了那个小村子，去了许多很远很远的地方。那些吃不饱饭、吃饭时餐桌上只有一盘菜的日子也早已远去，现在的生活条件是极大地改善了，但小时候播下的种子、养成的习惯、留下的记忆，就如当年吃下的粗茶淡饭，早已变成了自己的筋骨血肉，成为刻在自己基因中的底层密码，与生命同在。

我的身上除了具有客家人质朴、勤勉、坚强、善良的性格特点，还有几个比较鲜明的个人特质。

一是读书学习的习惯。当今时代,高智商高学历的硕士博士在人群中的比例越来越高,但许多人取得文凭走出学校后,就基本不再读书了。只要稍加留意,就会发现我们周边甚至在相当层级的干部当中,几年都没有读过一本书的大有人在。我称这样的人为读过书的人。在我的心目中,只有那些坚持一直读书、坚持一辈子与书为伍的人,才可以称得上是读书人。我深知自己既愚又笨,甚至没有上过正规的大学,只能采用"结硬寨,打呆仗"的办法,坚持不懈地慢慢读、慢慢学。在读书学习这件事上,我虽然没有达到手不释卷的程度,但数十年来从来没有间断过、从来没有懈怠过,读书已经成为我的一种生活方式,即使如今视力有所减退,仍坚持听书、听视频讲座,以使自己能跟上时代的步伐。从这个意义上说,我大体上可以算个读书人。

二是积极主动的姿态。我们家乡有句俗话:"即使有珍宝可以捡,你如果不早点去捡,也会被别人捡拾走的。"机会总是留给有准备的人,成功总是给有行动的人,一个人想躺着就能赢那是不可能的。当年考师范学校时,尚未达到15周岁的报考年龄,是我自己主动去争取的;报考省委党校的机会,是我自己主动去争取的;人生中最大的一次变动,离开县委组织员、组织部干部科科长的岗位,到上海来闯荡,也是我自己的主动行为;为了给自己争取更大的工作平台,我曾先后参加江苏省南京市,福建省南平市,上海市委组织部,上海市青浦区、静安区、普陀区、黄浦（卢湾）区的多次公选竞聘，入围面试考察五六次均无功而返，也是我自己的主动行为。我不相信天上掉个馅饼就会砸到我的头上，一个既无背景靠山也不是什么天选之才的普通人，一切都要靠自己努力，机会靠自己去争取，成绩靠自己去打拼，命运靠自己去改变。

三是干活出活的自信。在一个团队中，总是需要一些会来事的人，也需要一些会干事的人。如果没有会来事的人，那这个团队的领导者就一点领导的感觉都没有；如果没有会干事能成事的人，那这些领导者靠什么支撑局面维持自己的地位呢？既会来事又能干事的人当然难得，但我始终把自己定位为团队中那个会干事能成事的人。从事小学教育时，曾荣获赣州市（18个县市区）青年教师优质课竞赛一等奖，创造了石城教育史上的新纪录；在江西工作期间，曾连续3年被评为优秀公务员；在上海市黄浦（卢湾）区工作期间，年度考核6次被评为优秀，其中记三等功2次、嘉奖4次。不论从事什么职业、做什么工作，都努力让自己业务上有"两把刷子"，从而为自己赢得一些工作上的话语权、选择权。

四是随顺平和的心态。我对自己不够"狠"，不是一个"狠"角色，没有什么志在必得、非达到不可的目标，没有一定要如何如何、非得把自己逼到没有退路的绝境之中，我不是这样的人。对于许多事情，我会认真去思考，尽力去争取，努力去达成，但"只问耕耘，不问收获"。我对别人就更不

"狠"了，从来都是只折腾自己，怕麻烦别人。我认为换位思考、帮人急难是做人的本分。在过往数十年的工作生活经历中，我没有跟任何人发生过正面的大的矛盾和冲突，遇事常反求诸己，不管遭遇多大的困难，自己侧个身子低个头就过去，大家总还是要见面的。正因为这种随顺平和的心态，帮助我度过了人生中一段段困厄幽暗的时期，既没有被打倒，也没有被压垮，我坦然面对、欣然接受命运的一切馈赠，始终保持着向阳、向上、向善的精神状态行走在人生的道路上。

回望自己的前半生，一个普通的山里孩子走出大山，外出求学问、看世界、讨生活，读过了一些书，去过了一些地方，遇见过许多人，经历过许多事。我努力过了、折腾过了，虽然没有成就什么值得书写的事业，也没有置办下什么可以传递给子孙的产业，但十分幸运的是，现在的我还是小时候希望成为的我，没有成为自己年轻时所讨厌的人，我的内心坦然而安详，我对自己过往数十年的表现、对自己的前半生总体上是满意的。

今年是我参加工作的第四十个年头。年初，组织上同意我从黄浦区人大常委会研究室主任的岗位上退了下来，改任职级公务员，因此有时间对自己案头积累的一些文稿进行盘点整理。这些文稿大多为工作上的公事文书，也有少量杂谈、感悟等随兴之作。细读这些文稿，斯人斯事斯情斯景便涌上心头，让人不胜感慨，时间过得真快啊，转眼间自己已是年近花甲之人。这些文稿,有对工作的思考、对生活的感悟,有对亲人的思念、对孩子的教育,也有读书时随手写在书页空白处的眉批感想,还有自己微博和微信中的一些即思即感,内容比较庞杂,没有什么突出的主题主线,大多是当时之感、一时之想、一孔之见,就如那长空中的鸽哨、雪地上的爪印。好在还有这些文字留下来了。这些零散的文字所记录的人、事、情、景就像是我数十年人生道路上的一个个标记,从而使自己过往所走的这条路不再显得那么遥远、模糊,而是变得清晰、确定、真实、可信。于是,我就有了将其中一些觉得还有些意思的文稿汇编成一本集子的想法,也希望透过这本集子能点滴折射出这个时代的发展变化。因为我在江西时和来上海后,经历多次搬家,早年的文稿大多已散失,书中收录的内容多为到上海工作后的文稿。这本集子不是专门撰写的自传,只是在开篇部分简单地做个自我介绍,收录的文章尽量保持当时的样子,没有做大的修改。如果这本集子中的某些篇章、段落或语句,能让您或会心一笑,或抚掌击节,或掩卷沉思,让您有所怀想、有所共鸣、有所启迪,那汇编这本集子就既有意思又有些意义了。

是为序。

黄伟林

2024年9月10日

# 目　录

序言 ················································································ 1

自序 ················································································ 9

## 申　城　走　笔

铸造新辉煌的卢湾 ···························································· 3

建设"世博大道"的战略思考 ············································ 24

招商引资视角下卢湾服务经济高地建设的路径选择 ········· 30

上海创意产业发展研究 ···················································· 39

## 工　作　札　记

公道正派是组工干部的立身之本 ····································· 75

建设好班子　培育好干部 ················································ 79

落实六好要求　永葆共产党员先进性 ······························ 82

构建和谐社会的主力军 ···················································· 84

板凳要自己坐热 ………………………………………… 87

"卢湾精神"之我见 ……………………………………… 89

弘扬党校精神　建设校园文化 ………………………… 91

加强机关作风与效能建设的若干思考 ………………… 94

强化熔炉意识　提高党校党性教育科学化水平 ……… 98

不要成为自己年轻时所痛恨的人 ……………………… 112

做一个讲政治、有信念的党校人 ……………………… 117

突出"三性"　增强"三力"　切实提高干部教育培训
　　质量 ………………………………………………… 121

做弘扬上海城市品格的模范 …………………………… 125

推动用学术讲政治落地落实 …………………………… 129

学"四史"　守初心　担使命 ………………………… 133

学好看家本领　提升工作水平 ………………………… 143

创造发展新奇迹　建设"世界会客厅" ……………… 148

讲好红色故事　传承红色基因　续写时代华章 ……… 153

从五个方面着力　推动履职服务水平新提升 ………… 159

念好"五字诀"　进一步加强和改进研究室工作 …… 166

树牢以文立室理念　做强以文辅政主业　推动研究室
　　工作上新的台阶 …………………………………… 171

## 赶考印迹

南平给了我机会 我将还南平一个惊喜 …………… 177
忠诚履职 担当奉献 ………………………………… 181
"五抓六讲"重在落细落实 ………………………… 185

## 岁月悠悠

忆父亲 …………………………………………………… 191
忆母亲 …………………………………………………… 198
悼丽勤 …………………………………………………… 204
冬日暖阳 ………………………………………………… 208
写给海儿18岁成人礼的一封信 ……………………… 209
父亲对孩子的叮咛
　　——写给海儿逐梦远方的一封信 ……………… 214
相亲相爱 相守相助
　　——在黄海、佳梅婚礼上的致辞 ……………… 217

## 微文心语

自在读书 ………………………………………………… 221
工作偶得 ………………………………………………… 224
正视苦难 ………………………………………………… 229

看淡名利 …………………………………… 230

播下良种 …………………………………… 232

人生拾贝 …………………………………… 234

后记 ………………………………………… 239

# 申 城 走 笔

人是社会环境的产物,也是影响和改变社会环境的主体力量。作为一名在上海工作生活了二十多年的新上海人,我不仅关注自己居住的小区、周边的环境,也常常行走于申城的老旧弄堂、潮流街区、企业园区,关注着我所工作的这个城区、生活的这座城市的建设和发展。我曾就上海创意产业发展、世博大道建设、城区建设、经济发展等做过一些调研和思考,提出过一些对策建议,希望为城市发展尽一份绵薄之力。

# 铸造新辉煌的卢湾*

上海中心城区之一的卢湾区，东连黄浦区，西接徐汇区，北交静安区，南濒黄浦江，与浦东新区隔江相望；面积8.02平方公里，其中陆地面积7.52平方公里，水域面积0.5平方公里；下辖淮海中路、瑞金二路、打浦桥、五里桥4个街道，常住人口34.63万人。卢湾区是中国革命的摇篮之一，区域内有中共一大会址等革命史迹100余处；又是近代中国工业的重要发祥地之一，区域内的江南造船厂，其技术水平、生产能力在造船工业中曾长期居领先地位；还是闻名遐迩的商业街区，蜚声中外的淮海中路商业街以其高雅的个性自东向西横贯区域。

党的十五大召开以来，中共卢湾区委、区政府团结鼓劲，奋发有为，带领全区人民高举邓小平理论伟大旗帜，以"三个代表"重要思想为指导，全面贯彻党的十五大和市第七次党代会精神，勇于改革，锐意进取，正确处理改革、发展、稳定三

---

\* 本文被收录在中共上海市委党史研究室编的《阔步迈进新世纪（1997~2002）》一书中，上海人民出版社2002年版。

者关系，积极探索特大城市中心城区的发展新路，取得了经济和社会发展的历史性成就：经济发展从传统的区属经济逐步向开放的区域经济转化；企业改革从经营管理方式改革逐步向产权制度改革深化；城市发展从形态开发为主逐步向功能开发为主转移；社会事业从注重项目性建设走向以社区为载体的社会全面进步。过去的5年，是进一步扩大改革开放的5年，是经济稳步增长、城市面貌和功能变化最大、人民生活质量提高最快的5年，是卢湾区两个文明建设取得丰硕成果的5年。

# 一、区域经济快速发展，综合实力显著增强

## （一）企业改革有序推进

区委、区政府按照先进生产力的发展要求，以产权结构调整为重点，深化企业体制改革，加快机制转换，大力推进国有资产的战略性重组，完善多元投资的法人治理结构，建立区辖国有资产管理体系，形成符合区情的国有资产管理模式。5年中，共有1110家企业进行了多种形式的改制。坚持优质资产向优势企业集中、向优秀经营者集中，组建5家发起式股份有限公司，成立股份合作制企业80余家，国有资本调动社会资本的能力逐步增强。积极探索一般竞争性领域国有资产的退出途径，"四业五小"（即理发业、沐浴业、洗染业、照相业；小旅社、小烟杂、小果品、小饮食、小百货）企业实现了公有资产退出。非公有制经济健康发展，1996—2001年，全区民营科

技企业从296家发展到449家，私营企业从280家发展到1457家，非公有制经济比重达43%。

（二）产业结构加快调整

通过改造传统批零商业、扶持培育新兴服务贸易业和休闲服务业、大力发展房地产业、实施工业"退二进三"等一系列措施，加快了产业结构调整，特别是第三产业内部结构的调整，多元结构的区域经济格局呈现良好的发展态势。在产业结构调整中，第三产业比例上升，档次提高，增加值比重从1996年的71.8%提高到2001年的82.7%，商业经营面积从50万平方米增加至125万平方米。2001年，完成商业服务业销售收入168.05亿元，同比增长14.3%。现代服务贸易异军突起，截至2001年底，全区现代服务贸易企业达858家，其中金融服务企业108家、信息技术服务企业167家、管理服务企业593家，2001年现代服务贸易营业收入32.18亿元，已成为卢湾区经济增长的一个新亮点。以时尚化、个性化消费为主的休闲服务业发展迅速，引进了诸多国内外著名的特色餐饮和休闲娱乐企业，打浦桥、雁荡路、茂名路等多个餐饮休闲专业街区已形成气候，"玫瑰婚典""苹果倒计时"等成为都市品牌旅游项目，"新天地"更是成为沪上最负盛名的休闲娱乐区。2001年，休闲服务业营业额达28亿元，同比增长17.6%。现代服务贸易业、休闲服务业的发展，集聚了人气，提升了区域的整体形象和品位。

（三）都市工业独具特色

按照"退二进三"的统一部署，积极推进区域工业布局调整，将都市型工业楼宇建设与创建文明城区、改善市容环境、优化资源配置和规范企业运行机制相结合，积极发展服装服饰产业、汽配产业和高新技术产业等适合中心城区发展的都市工业。区内的上海针织十四厂在全市中心城区率先建成都市型工业楼宇，至2002年1月，共建成占地面积2.2万平方米、建筑面积5.9万平方米的7幢都市型工业楼宇，引进企业78家。预计到2002年底，全区的都市型工业楼宇将达14幢，创造就业岗位可超过2000个。目前，区域内的内衣制造业已具相当规模，品牌优势凸显，被市里认定为区特色产业。

（四）房地产业增势强劲

房地产市场运行机制不断完善，二、三级市场交易日趋活跃。2001年，房地产业营业（合同）收入达61.4亿元，是1996年的4.7倍。房地产业占GDP的比重从1996年的4.1%提高到2001年的9.1%，增加5个百分点，成为卢湾区的又一新兴支柱产业。

（五）招商引资成绩斐然

1997—2001年，全区合同利用外资5.5亿美元，仅2001年就达1.98亿美元。外资对区域经济发展的促进作用明显增强，全区涉外税收在财税收入总额中占30%左右，外商投资企业提供的就业岗位占全区企业从业总人数20%以上。同时，围绕城区功能定位，充分开发商务楼宇资源，改善区域投资环境，加大了招商引企工作力度。淮海中路东段商务楼宇已成为沪上最具吸引力的黄金地区之一，先发效应初步显现。全区商务楼宇招商累计面积达80.47万平方米，其中商场29.62万平方米，办公用房50.15万平方米。商务企业机构入驻数逐年增长，入驻知名国外企业556家，其中被列入"世界500强"企业地区总部或办事机构累计达38家，仅2001年就入驻16家。

（六）经济实力持续走强

区内增加值年均可比增长13.7%，2001年达33.53亿元，是1996年的1.9倍；财政收入年均增长18.9%，增速居全市各区县前列；地方财政收入于1999年首次突破10亿元，2001年达14.13亿元，同比增长24.4%。

## 二、城区面貌日新月异，中心商业商务区构架初步形成

从国际大都市中心城区的功能定位出发，在城区建设的布局上立足规划先行，着眼长远发展，体现中心城区一流水准。从"王"字形框架（以淮海中路、徐家汇路、中山南一路与成都路鲁班路高架交会而成的建设框架），到"一街"（淮海中路商业街）、"一中心"（打浦桥地区商贸中心）、"四园区"（打浦桥商住园区、太平桥商住园区、西部旅游园区、南部新型住宅园区），进而确定"北、中、南"三大功能区建设

和开发的特大城市中心区域建设发展的基本思路，城区建设各项工作取得突破性进展。1997—2001年，全区共完成旧区改造、市政建设、商品房开发、社会事业项目等各类投资196.92亿元，竣工总面积263.66万平方米，中心城区现代化形态基本形成。

（一）淮海中路、打浦桥地区建设取得重大突破

淮海中路按照东段重建、西段改造的方针，5年中，共完成投资61.31亿元，竣工面积65.01万平方米。至2001年底，建成现代化高层建筑29幢，拥有零售商场50万平方米，高级商务办公设施41.5万平方米，初步形成与国际接轨的现代化商务、商贸中心。打浦桥地区原是全区危棚简屋最集中的区域，1997—2001年，该地延续了1992年以来大规模旧区改造的良好势头，共完成投资15.39亿元，竣工面积43.97万平方米，形成金玉兰广场、郁金香花园、大同花园、银杏家园等一批标志性建筑，初步形成服务型商业和中高档住宅产业集聚的地区中心。

（二）太平桥地区开辟了旧区改造的新天地

占地53万平方米的太平桥地区是卢湾区旧式里弄最集中、人口密度最高的地块。为了进一步推进旧区改造，创造中心城区良好的整体形象，同时使淮海中路商业街区由线及面，向纵深发展，进一步提高淮海中路品位，区政府下决心对太平桥地区进行脱胎换骨的改造。1996年5月，由香港瑞安地产有限公

司作为投资方拉开了太平桥地区改造的帷幕。这一地区开发总的特点是：把中心城区以街坊为基点的改造，推进为全社区的改造，特别注重以二级旧式里弄为主的新一轮旧区改造的高质量、高品位。开发方式上采用"一家牵头，多方参与，整体规划，分步实施"的办法，并确立了"环境建设先行，营造带动效应，推进旧区改造的总体目标"，以优美的环境带动旧区改造，从根本上改善城市面貌，提高人民居住水平。1997年，新天地石库门功能再造规划通过评审，1998年上半年正式动迁，精心打造出具有高品位的"上海新天地"园区。"上海新天地"园区紧邻中共一大会址，是淮海中路旁一个体现上海历史文化风貌的都市景点。在这里，20世纪20年代的石库门建筑群及弄堂通过"整旧如旧"，被改造成国际化的餐饮、商业、娱乐、文化休闲场所。景点以"昨天、明天相会在今天"为开发主题，建筑群的外表保留了上海石库门建筑风貌，内涵是厚重的人文历史，具有极强的民族认同感和社会影响力。"新天地"的北部地块大部分石库门建筑被保留下来，穿插部分现代建筑，南部地块则以反映时代特征的新建筑为主，配合少量石库门建筑，一条步行街串起南北两个地块。从整体上以新旧建筑对比、中西文化结合表示时空跨度和文化差异的距离美，营造一处中外游客感觉、触摸上海昨天、今天、明天的都市旅游景点。老年人走进"新天地"，感到它很"怀旧"；青年人则觉得它很"时尚"；外国人走进这里感到它很"中国"。

2000年11月,敞开式太平桥公园投入建设。半年后,占地4.4万平方米的太平桥绿地建成,面积1.2万平方米的太平桥人工湖镶嵌在绿地之中,并通过高低变化的平缓小丘、自然流畅的湖泊和蜿蜒曲折的林荫小路,凸显良好的视觉效果。"上海新天地"和太平桥公园的建成,为太平桥地区营造了一个高雅的人文环境和优美的生态环境,有力地推动了太平桥地区改造的步伐。目前,太平桥公园南部的住宅区和北部的办公区建设已进入启动实施阶段。

(三)全面改造危棚简屋

1997年通过企业负债的办法拆除危棚简屋33.78万平方米,提前三年完成市委、市政府确定的危棚简屋拆除任务。从1998年开始,旧区改造的重点转入对二级旧里的改造。按照"拆、改、留"并举的要求,以绿地建设为契机,营造中心城区得天独厚的环境质量"高地",在高质量的环境中建造高质量的房产,维持区域内适度的高房价,支撑和平衡较高的动迁成本,形成"以高就高"、滚动开发的良性循环。1997—2001年,全区共动迁居民2.68万户,拆除各类房屋77.34万平方米,其中拆除旧里41.84万平方米。在加快旧区改造的同时,加大了住宅建设的力度,全区住宅开工面积达233.05万平方米,竣工面积达222.7万平方米,住宅建设的高速发展,极大地改善了居民的居住环境,提高了居民的生活质量。

（四）市政建设大规模展开

全区共实施、完成延中高架卢湾段、卢浦大桥、明珠线二期、肇家浜路拓宽等多项重大市政道路工程；完成嵩山路、雁荡路、瑞金南路、泰康路等21条道路大修和拓宽工程，完成14条彩色人行道的铺设，建成徐家汇路、淮海中路2条样板路段，环线内13条主干道和22条次干道计10万平方米做到"一平四无一新"（即道路平整；无下水道堵塞，无人行道板和侧平石缺损，无违章占路和搭建，无路名牌歪斜和污垢；车行隔离栏和人行护栏油漆一新），道路完好率从69.9%提高到85.2%，全区交通路网体系进一步完善。建成重庆南路、南昌路人行天桥；建成淮海中路停车库，使之与淮海中路商业街区建设相配套。完成淮海中路东段架空线入地工程，全面提高了景观道路观瞻水平。建成千年一遇标准的防汛墙工程，确保了沿江第一线安全；完成瑞金一路、长乐路、淮海路中段三个积水路段改造，建成启用鲁班路泵站，基本解决全区道路、街坊内的积水问题。

（五）绿化、美化浓墨重彩

依托旧区改造和大市政建设的历史契机，建成四明里绿地、延中绿地、太平桥公园等大型公共绿地，并采用见缝插绿、破墙透绿、特色增绿等多种形式开辟了中心城区规模增绿的新途径。5年来，全区新增绿地21.55万平方米，其中新增公共绿地15.29万平方米，全区绿地总量达81.5万平方米，人均公共绿地由1997年的0.62平方米增加到2001年的1.1平方米。为了使卢湾不仅绿起来，而且亮起来、美起来，5年来主要实施了瑞金路沿线灯光景观工程，完成了全线80对欧式灯饰和灯箱的设置工作；完成了茂名南路水晶幕帘灯的固定安装施工；基本完成了淮海中路42座跨街灯的计算机集控工作及14幢大楼的内光外透工作，淮海中路灯光景观被评为上海市十大景观之一；完善了淮海中路、打浦桥和锦江宾馆地区的市容灯光，锦江宾馆地区新添了30道跨街的迎宾灯饰，打浦桥地区新设了30多座广告灯箱，美化了打浦桥商住区。此外，灯光景观建设积极采用新材料、新产品、新工艺、新技术，提高了夜景灯光的科技含量和艺术效果，使全区灯光景观建设达到了市容美、灯光亮、设施优的目标。

（六）三大功能区初现端倪

以淮海中路为代表的北部地区将全面推进商务商贸、休闲服务、现代居住三大功能开发，加快建设商务楼宇、开发特色专业街，发展精品零售业和休闲娱乐业，发挥专业街经营特色，凸显休闲服务功能；加快建设"新天地"楼宇群，推进商务商贸机构的引进和集聚。以打浦桥为核心的中部地区将重点拓展休闲服务和现代居住功能，加快高品质居住小区建设，积极发展餐饮、娱乐、文体、休闲、商务及社区服务型商业，形成现代化商住区。以沿江岸线为重点的南部地区将推进现代居住区建设，开发沿江休闲、观光功能，完善商业配套服务网络，逐步建成卢湾新兴的居住区和休闲观光区。目前，北、中、南三大功能区的建设框架初显端倪。

### 三、社区建设探索新路，体制创新成效卓著

随着经济体制改革的深入，政府职能的转变，政事、政企、政社分开以后，城市基层社会结构面临重组，大量的社会事务落到社区，社区越来越成为利益分配和社会矛盾交错反映的敏感地带。卢湾区委、区政府在上海市委、市政府的领导下，从卢湾的实际出发，按照全国社区建设实验区的要求，不等不靠，坚持开创性，领先一步，勇创新路，在社区建设中坚持两制（即体制、机制创新）三自（即群众的自我教育、自我管理、自我服务）四民（即社区组织的民主选举、社区事务的民主决策、民主管理、社区工作的民主监督），全面推进社区建设和管理，许多经验和做法在全市得到了推广，受到中央和市委领导的肯定。

（一）"两级政府、三级管理"的城区管理新体制逐步完善，街道第三级的作用得到加强

卢湾区是全国最早开展社区建设的城区之一。1995年开始，区委、区政府在五里桥街道实施"两级政府、三级管理"工作试点，以点带面逐步推开，不断探索社区管理的新体制和新机制。成立了社区建设研究所，总结社区建设成果，对新时期社区建设理论进行多方面的研究和探索，指导社区建设向纵

深发展。完成并出版了由区委和市委党校合作，由社区建设研究所和区委党校组织编写的《中国城市社区党建》一书，被中共中央组织部评为全国党建优秀读物。完成"以'三个代表'重要思想深化社区党建""关于建立社区治理结构制度研究"等课题研究。确立了街道党工委是社区建设的领导核心，实施政企、政事、政社分开，逐步形成了以块为主、条块联动的管理模式。建立了街道社区委员会，由社区内的人大代表、政协委员、居民代表、居委会代表、企事业单位代表和有关行政部门的代表组成，对社区建设的长远规划和年度计划进行讨论协商，对社区建设的实施情况进行检查和监督，协调和发挥政府、社会、市场三方面的关系和作用，形成社区建设社会化的工作机制和资源共享、共驻共建的工作格局。强化了街道办事处对职能部门服务社区工作的考核评价机制。实行了由街道办事处和区有关职能部门对社区内的警署、工商所、协税办、环卫所、房管办、地段医院、物业公司等双重管理。建立了会考制、评议制、会签制和工作奖励制，促进了条块单位在社区建设上的工作联动，提高了为民办实事的工作效率。

（二）居民区管理体制改革不断深化

首先，针对近年来居民拆迁、城区改造的实际情况，对社区居委会的管辖范围进行了适度调整，将原有的103个居委会调整为83个。其次，将居民区的议事层（民选的居委会）、执事层（社区工作队伍）、监督层（民选的居民代表）实行三分开。社区干部队伍朝着专业化、职业化的方向发展，建立和形成了"以居民区党支部为核心、居民会议决策、居委会议事、社区工作队伍执行、社会中介服务组织服务、社会多方共同参与"的社区管理体制和运行机制。最后，拓宽基层民主渠道，增强社区自治功能。按照"扩大公民有序的政治参与，引导人民群众依法管理自己的事情"的要求，在扩大居委会直接选举的同时，拓宽和畅通居民民主参与渠道，在社区工作中普遍建立了"三会"制度。一是评议会，由社区定期召集各方面代表，对政府行政执法部门在社区的基层单位"七所八所"、物业管理公司、社区工作者履行职责、实现承诺的情况开展工作评议，评议结果作为考察相关领导班子和干部的依据之一。二是协调会，对社区中各类成员之间、居民与企事业单位之间、居民与政府部门之间产生的利益矛盾和纠纷，由居委会组织协调，请当事人和有关职能部门参加，共同协商、调处。三是听证会，政府有关社区建设的实事，由居委会出面听取居民意见，让大家建言献策，使政府知道居民在想什么，使居民知道政府在干什么，推进民主决策、科学决策，努力把实事办好、好事办实。"三会"制度的实行，进一步密切了党和政府与居民群众的关系，维护了社会的稳定，促进了社区事业的发展。

（三）一体化联动的社区服务赢得民心

1996年5月，五里桥街道建立市民会馆，市民会馆为市民提供婚姻介绍、政策咨询、医疗、文娱等服务，成为社区市民社交活动场所及市民求助解难的服务窗口。1997年5月，在市民会馆的基础上成立了全国第一家社区求助机构——卢湾区市民求助中心。该求助中心采用"政府搭台、民政牵头、社会唱戏"的形式，将为民排忧解难和便民利民的社会服务从政府职能中分离出来，形成由政府支持，各职能部门牵头，联络各社会团体、各服务机构志愿者和社会热心人士共同参与的覆盖全区的社会服务网络。区市民求助中心24小时面向居民，居民生活中不论有什么难事、急事，只要一个电话即能得到解决。几年来，区市民求助中心接待市民来信、来访、来电近10万件次，答复满意率达100%，解决率达97%，实现了"民有所呼，我有所应"的社会承诺。1998年3月，全市第一家社区事务受理中心——五里桥行政事务受理中心成立，受理中心以辖区内居民群众和企事业单位为服务对象，集社会保障中心、社区服务中心和市民求助中心于一体，使群众满意，让人民高兴。随后，各个街道社区都建立了社区事务受理中心、社区保障中心，把就业、保障卡发放、户籍办理、计划生育管理、司法援助、家政服务介绍、人民调解等事项集中在一起，联合办公，为居民群众提供全方位的"一门式"服务，产生了"敞开一扇门，能办万家事"的良好效应。2000年，市政府把设立"社区事务受理中心"作为实事工程，在全市加以推广。目前，一个由区市民求助中心、街道社区事务受理中心、社区保障中心和居民区服务点组成的三级服务网络基本形成，实现了爱民、利民、为民的社区服务宗旨，得到了居民的衷心拥护。卢湾区被民政部评为全国"社区服务模范城区"。

（四）社区经济日益壮大

完成了从摊、亭、棚式经济到服务招商型经济转变，一个以政府服务为导向的招商、留商、服务商的社区经济发展模式初步形成，街道社区经济步入良性发展轨道。2001年，街道完成税收8376万元，同比增长74.8%，为社区建设提供了坚实的物质基础。

## 四、精神文明建设不断推进，各项社会事业全面发展

区委、区政府始终坚持"两手抓，两手都要硬"的方针，精心设计载体，全方位、多层次开展精神文明创建活动。在加大硬件建设投入的同时，更注重创建内容的丰富、创建形式的多样。全市首创的"科、教、文、卫、体、法"六进社区、六进家庭工作持续开展，上万人近千支不同类型的志愿者队伍活跃在全区各个层面，已成为精神文明建设的生力军。广场文化、社区文化、群众文化丰富多彩，复兴公园作为上海广场文化活动的发起地，已成为群众文化活动的一个绚丽亮点，全区每年广场文化活动达180多场。通过大量调研，于1998年4月制定了全市第一个文明社区指标体系，并充分发挥这个指标体系的导向作用，持之以恒地开展创优补差工作，着力塑造"高

雅、文明、精品"的卢湾新形象，1999年9月，被中央文明委评为全国"创建文明城市工作先进城区"；2000年4月，被评为上海市"文明城区"；淮海中路商业街被评为全国"百城万店无假货示范街"、上海市首批文明示范标志区域。截至2001年底，建成文明社区3个，市区级文明小区114个（其中市级文明小区29个），市区级文明单位200个（其中市级文明单位31个）。

近年来，区委、区政府还把加强公民道德建设，提高公民道德素质作为精神文明建设的一项基础性工作来抓。以居民公约建设为载体，深入开展社区群众道德实践活动，适时引导社区居民参与制定内容指向鲜明、语句生动易记的居民公约，在全区上下形成了居民自己制定公约、自己执行公约、自己维护公约的生动局面，社区成员之间出入相友、守望相助、和谐相处的新风逐步形成。2001年11月，上海市推进道德实践活动现场会在卢湾区召开，推广卢湾的这一做法。加强普法教育和社会治安综合治理工作，被中宣部、司法部评为全国三五普法先进单位、全国社会治安综合治理先进单位。

社会事业全面发展，5年间共完成体育馆、文化馆、鲁班路游泳馆、卢湾中学建设和中心医院改建等社会事业项目17个，完成投资额3.97亿元。科普工作上了新的台阶，建立了4个市民科普学校和4个科普指导站，举办了两届卢湾科技节，被中国科协命名为"全国科普示范区"。实施了教育体制改革，高标准、高质量普及常规教育和特殊教育，推进了义务教育从"应试教育"向"素质教育"的转轨，教育质量明显提高。建立了四个社区卫生服务中心，完成了社区预防保健工作由"条"向"块"的转变；实施了卫生管理体制和运行机制改革，推进了区中心医院与瑞金医院合作办医；依托教育资源，建立了学习型社区。

## 五、聚精会神抓党建，党的建设展现新貌

在改革开放和现代化建设顺利推进的过程中，区委高度重视党的建设，不断加强和改善党的领导。区委紧紧围绕经济建设这个中心和全党工作大局，坚持"党要管党"的原则和从严治党的方针，聚精会神抓党建，着力增强各级党组织的凝聚力、战斗力，充分发挥广大共产党员的先锋模范作用，切实抓好社区党建、机关党建和企业党建，以改革的精神积极探索有效的工作途径和工作方法，研究解决党建工作中的新情况、新问题，突出重点，突破难点，扎扎实实打基础，群策群力建网络，认认真真抓关键，开创了党建工作的新局面。

（一）夯实基础，形成社区党建新格局

随着社会转型，社区党的建设成为城区党建工作的重点。区委认真制定并实施了《卢湾区1998—2002年党建工作纲要》，把建立以街道党工委和居民区党支部为主体、社区内各职能部门共同参与的社区党建新格局作为工作目标，夯实基

础，以适应"两级政府、三级管理"的新体制。一是加强街道党工委的管理、指导和服务功能，发挥核心作用。先后下发了《关于街道党工委组织指导和协调辖区内基层党组织参与社区管理和服务工作的意见》《关于街道党工委对区有关职能部门派出机构实行双重领导的实施意见》等文件，建立了会考制、评议制、会签制和工作奖励制。二是进一步发挥居民区党支部在居委会管理体制改革中的领导核心作用。区委下达了《居民区党支部工作条例》《关于充分发挥居民区党支部在居民区管理体制改革中领导核心作用的若干意见》等文件。各街道经过试点，完成了居民区改制工作，实现了"配齐配强居民区党支部班子和居委会干部，实现了三个50%"的目标，新体制下的居委会逐渐体现了"三自"功能。2000年，结合居民区区划调整，"居民区党支部"改称"社区党支部"，区委把社区党支部建设作为工作重点，制定了《加强与改进社区党支部建设的实施意见（试行）》，并设计了"114"社区党支部工作网络模式，将社区内的各种力量和资源进行了整合，理顺了各类组织之间的关系，明确了各自的职责，为进一步探索社区管理新模式打下了良好的基础。三是建立社区党建工作代表会议制度。2001年7月，五里桥等街道党工委先后召开社区党建工作代表会议，建立起跨系统、跨行业的社区不同隶属关系党组织的横向联动网络和工作机制。社区党建工作代表会议由街道党工委直属基层党组织、辖区内不同隶属关系的企事业单位党组织、社会团体党组织等构成，通过整合社区党建工作资源，加强了党对多元化社会的政治领导，增强了社区党建工作的有效性，推动了经济与社会的协调发展。四是加强社区党员管理。根据社区建设的新特点，加强了对社区内流动党员和在职党员的管理，下发了《关于加强社区经济、社会组织党的组织建设和流动党员管理实施办法》《关于企事业单位退休的党员党组织关系转到居住地党组织的实施办法》《关于在职党员参加社区精神文明建设的若干意见》等文件，规定了流动党员的管理办法和在职党员与社区联系的办法，区委组织部向机关内每名在职党员发放了"社区联系卡"，由党员持卡至居住地社区党支部报到，参与社区工作，发挥党员骨干作用，并主动接受社区党支部的考核，既有效地加强了对在职党员8小时工作以外的管理，又促进了社区党支部的建设，推动了社区工作。五是进一步加强联系人民群众的服务载体建设。各街道党工委有计划有步骤地建设社区工作基地，做到以服务为纽带，加快条块联动。依托共建，建立长效机制，区内294个单位党组织与居民区党组织签约共建；以项目为纽带，实现优势互补，各街道通过为民办实事项目，实现了社区资源共享的工作机制；以活动为纽带，形成工作特色，各街道通过"双拥"、社区讲座、节日活动等，形成了富有特色的社区建设品牌项目。

（二）构建网络，创建"两新"组织党建新模式

近年来，区委通过调研、试点、总结、推广，初步创建出

一个"两新"组织党建工作网络化的新模式。1998年，制定下发了《关于加强新经济组织党的组织建设工作的意见》，对新经济组织中党组织的设置、隶属关系、工作职责、工作方法和活动方式等作出了明确规定。1999年，在调查摸底、明确工作对象基础上，指导各街道党工委成立了街道综合党委，按照《中共卢湾区街道综合委员会工作细则（试行）》的规定，集中力量，负责开展"两新"组织党建工作。同时，工青妇等群众团体也在社区延伸了工作领域。2000年3月，市委组织部在卢湾区召开"两新"组织党建工作现场交流会，充分肯定卢湾区"两新"组织党建工作的基本做法。2000年5月起，着手制定并实施"两新"组织党建工作"消除空白点"验收标准，由区委领导带队分别对各街道、经济党工委等10个部门进行了验收，10个部门全部通过验收。至此，"两新"组织党建工作在网络构建、责任明确、实现全方位组织覆盖上取得了重要突破，收到了预期的初步成效，全区4524家新经济组织中，组织覆盖率和工作覆盖率达到100%。

面对中国已加入世界贸易组织、经济全球化进程加快这一难得的历史契机和发展背景，根据上海市建设"一个龙头、三个中心"的发展战略和《卢湾区国民经济和社会发展第十个五年计划纲要》的要求，卢湾区将以增强城区综合服务功能，提高城区综合竞争力为主线，实施依法治区、科教兴区和可持续发展战略，发扬争创一流的"精品"意识，全力提升第三产业能级，增强集聚辐射能力，推进体制改革、科技创新，营造良好的社会人文环境，促进经济、社会持续、稳定、健康发展。大力提高综合经济实力，努力把卢湾区建设成为上海对外开放程度较高、经济活力较强的地区之一；着力推进产业结构优化，努力把卢湾区建设成为上海现代服务贸易集聚、休闲服务引领时尚的地区之一；切实增强综合服务功能，努力把卢湾区建设成为上海万商云集，对外联系广泛的地区之一；全面优化城区环境，努力把卢湾区建设成为上海安居乐业、体现国际大都市精神风貌的地区之一。新的形势催人奋进，新的任务光荣而艰苦，卢湾人决心在中央和市委领导下，发扬"团结求高效，创新争一流"的卢湾精神，进一步解放思想，锐意进取，坚韧不拔，奋发有为，开拓进取，以两个文明建设的新佳绩、新辉煌，迎接党的十六大和市第八次党代会的胜利召开！

# 建设"世博大道"的战略思考*

2010年的世博会将在上海举行,这对上海新一轮的发展,对卢湾新一轮的经济跨越无疑是一个重大的利好。如何把握好这一历史机遇,充分释放世博会给上海、给卢湾带来的综合性效益,是各方人士关注的战略课题,也是市、区两级党委、政府开展"世博会与新一轮发展"大讨论的根本目的所在。笔者认为,利用举办世博会这一千载难逢的良机,在城市的中心区域建设一条与世博会浦西区域相连接的南北走向的"世博大道"十分必要,也切实可行。"世博大道"大体上可沿着局门路、黄陂南路、黄陂北路、新昌路方向延伸,将世博园区、正在建设中的丽蒙绿地、太平桥新天地园区、中共一大会址、淮海路、人民广场、南京路、北京路等沪上知名区域连为一体,使这条大道成为继20世纪初的南京路、淮海路,20世纪90年代的浦东世纪大道之后,最能展现21世纪上海迷人风采的集

---

\* 本文于2003年7月在上海市计委综合经济研究所《上海综合经济简报》第27期专刊发表。

休闲、购物、观光、商务、餐饮于一体的上海的"香榭丽舍"。

## 一、建设"世博大道"是改善中心城区城市形态、分流世博园客流的需要

在上海的开发建设史上,由于黄浦江这个天然屏障的阻隔,城区的发展是由老城厢向西面逐步推进的,目前沪上的南京路、淮海路等主要商业街,北京路、复兴路、陆家浜路、徐家汇路等中心城区的主要道路也都反映了这种发展走向,东西向成为中心城区人流、物流的主要流向,而南北走向的大都是些小弄堂、小马路,黄浦区南部(原南市区南部)、卢湾区南部地块因临黄浦江,成为北南交通的尽头,人气不旺,更是一度成为上海的"下只角"。上海世博会园区的建设,将使这一现状有根本的改变,南北向的人流、物流将急剧增加,与此相适应的城市形态应相应调整和完善,建设南北走向的"世博大道"正是适应这一变化的客观需要。"世博大道"介于东边的西藏路和西边的鲁班路成都路两条南北走向的地面交通与高架交通之间,西藏南路的主要功能在于其作为南北走向的交通干道,可以快速疏散南北向人流,"世博大道"以休闲、观光、购物作为其基本功能,两条相同走向的南北向通道恰好可以形成互为补充、错位竞争的格局,而目前西藏南路一条通道根本无法同时承担这些功能,也正因为有与之相距不远的西藏南路、鲁班路成都路高架两条南北向的快速通道作为支撑,"世

博大道"完全有条件建设成为世界上最长、人流量最大的步行街,使之成为中心城区真正意义上的人流、商流、信息流、资金流的南北向大通道,以弥补中心城区的形态缺陷。

据测算,世博会当年将有 7000 万名游客参观世博园,而与世博园相连的道路目前仅有西藏路,"世博大道"的建设将大大缓解世博园区日均 40 万—50 万名游客,最高峰日均上百万名游客的客流压力。世博会结束后,很多场馆将成为永久性展馆,每年仍将有数以千万计的游客参观,加上世博园区有黄浦江上唯一的人行桥①,连接着浦东与浦西,具有南京路、淮海路都无法与之相比的独特优势,可以想象将来的"世博大道"必定是人流如织,商机无限,将是沪上最为繁华、热闹的地方之一。"世博大道"的建设,还将改变目前南京路、淮海路两条商业街近乎平行的线状态势,使这两条闻名沪上的百年老街的集聚和辐射功能得到进一步拓展,中心城区将形成东西线、南北线相互交错的新的城市商业商务形态。

## 二、建设"世博大道"是进一步释放"世博效应",提升上海国际大都市形象的需要

参观 2010 年上海世博会数以千万计的游客,他们不同于

---

① 在上海申办世博会的方案中,曾有个"花桥"的设计方案,该方案原定在南浦大桥与卢浦大桥之间的黄浦江上设计一座供参观者观光步行的"空中花桥",后考虑到各种因素,这一设计方案未被采用。

大街上熙熙攘攘赶着上下班的人流，不同于地铁中来去匆匆的乘客，他们是有着巨大消费潜力的目标消费群体，不应让他们从世博园一出来就坐地铁、火车、飞机离开上海，让参观世博会的游客在上海多逗留、多消费是充分释放"世博效应"的题中应有之义。世博会的会址及会址所连接的浦东上南地区与浦西的中心城区，决定着参观世博会的绝大部分游客会从浦西方向进出世博园。建设"世博大道"就可以最大限度地吸引游客在参观世博园的同时能在卢湾境内、在上海境内继续逗留、继续消费，日均数十万名有消费欲望和消费能力的游客，将给"世博大道"的休闲娱乐、酒店餐饮、观光购物、商务会展等提供无限的商机。以世博会 7000 万名参观者按 10% 甚至只是 5% 的外国游客来计算，就将有数百万名来自世界各国的参观者，这是展示上海国际大都市形象的最好机会，他们对上海的印象就是上海走向世界的名片。便捷的"世博大道"将沪上许多知名的区域串在一条线上，从"世博大道"上可以看淮海路的高雅、南京路的繁华，可以看新天地的时尚、石库门的端庄，可以看人民广场的恢宏、延中绿地的大气，在这条大街有老上海的文脉底蕴，更有国际大都市的气度形象。不论是从"世博大道"走进世博园，还是从世博园走进"世博大道"，都是中外游客了解上海、认识上海、热爱上海的便捷通道。

## 三、建设"世博大道"是实现卢湾区北、中、南三个功能区联动发展，打造"精品卢湾"的重要抓手和发展平台

卢湾区域面积虽然不大，但在卢湾的开发建设史上"北商南工"格局的形成，反映了其发展的不平衡。卢湾区北部开发较早，文化底蕴深厚，各项商业、文化、交通设施较为完备，历来是沪上时尚、高雅的代表区域，而卢湾区南部临黄浦江，是上海出名的棚户区、"下只角"。经过改革开放20多年的发展，卢湾的城区建设从"王"字形框架（以淮海中路、徐家汇路、中山南一路与成都路鲁班路高架交会而成的建设框架）到"一街"（淮海中路商业街）、"一中心"（打浦桥地区商贸中心）、"四园区"（打浦桥商住园区、太平桥商住园区、西部旅游园区、南部新型住宅园区），进而确定目前"北、中、南"三大功能区的建设和开发，使卢湾区北部和南部的差距逐步缩小。但是，此前的发展思路都是建立在卢湾区南部是北南交通的尽头、人流量相对较小的基础之上的。目前，虽然有南北走向的高架道路，但这条空中走廊不能成为拉动北南经济发展的纽带，竣工通车的卢浦大桥将提升卢湾的区位优势，因为区域面积小，从卢浦大桥通过高架到达地面时，许多车流就已经离开了卢湾区，所以对卢湾整个区域经济的影响力大打折扣。2010年上海世博会会址的确定，使卢湾区南部地块的区位

优势大幅跃升，整个卢湾区成为上海中心城区中最为耀眼的区域，这就为加快南部地区的发展、提升南部地区的形象提供了难得的良机。建设纵贯卢湾区南北的"世博大道"是拉动区域内北、中、南联动发展的最为重要的抓手，对于卢湾的发展具有全局意义，"世博大道"是卢湾区继淮海路之后的第二条"生命线"，是一条南北走向的"淮海路"，其对卢湾区域经济的影响将是十分深远的。

建设南北走向的"世博大道"是上海更是卢湾城建史上的大手笔，在决策上要有大气魄，在规划上要有大思路，在动迁上要有大动作，在筹资上要有大举措。当务之急是做好以下三项工作：

一是组织各方面专家对"世博大道"的客流情况、经济效益、社会效益进行深入的分析论证；对"世博大道"的具体线路走向进行反复比较筛选；对世界上知名商业街、步行街与"世博大道"的具体情况进行对比分析。

二是立即停止"世博大道"相关区域的建设项目，特别是不能再开工建设住宅项目。在卢湾区的南部、黄浦区的南部世博园周边地区及"世博大道"相关区域建设住宅项目是十分短视的，是对世博资源的极大浪费。

三是根据"世博大道"的功能定位，对"世博大道"进行总体规划，这个规划要与世博园的建设规划统筹考虑，作为世博园建设的一个部分，全面规划，逐项实施。

# 招商引资视角下卢湾服务经济高地建设的路径选择*

近年来，卢湾区以科学发展观为统领，围绕建设现代化精品城区的目标，认真实施科教兴区战略，坚持"外向型格局、内涵式发展、功能性开发、个性化特色"的发展思路，随着"十五"计划各项目标任务的圆满完成，卢湾的城区形态、经济规模、产业能级、质量效益都跃上了一个新的台阶。进一步发挥自身的比较优势，牢牢占据产业发展的高端，提升区域的综合竞争力，打造卢湾服务经济高地，是卢湾区贯彻落实科学发展观，科学发展、协调发展、和谐发展，顺利实现"十一五"规划发展目标的根本要求和现实选择。

---

\* 本文获上海市党校系统首届（2006）经济学学术年会优秀论文二等奖。

## 一、卢湾经济发展的鲜明特点

### （一）外向型格局的发展态势

20世纪90年代淮海中路东段集中建设的大批高档商务楼宇，加上中心城区便捷的交通、完善的服务配套设施、时尚高雅的人文环境，使卢湾区成为除制造业外的外资进入上海的首选之地。进入21世纪，特别是近年来区委、区政府一以贯之地坚持把扩大对外开放、构建外向型经济格局作为突破卢湾区域狭小、资源有限瓶颈的重要抓手，使卢湾区外资集聚的先发效应持续放大，外资成为推动卢湾经济发展的重要力量。随着对外开放程度的不断提高，引进和利用外资的质量明显提高，外向型经济的格局基本形成。"十五"期间，合同引进外资14.72亿美元，入驻卢湾的世界500强企业机构已达80余家，被商务部、市政府认定的跨国企业地区总部数达到11家。涉外税收占区级财政收入的比重达46.2%，涉外税收总量、增幅、比重在上海中心城区名列前茅。

### （二）服务经济的产业特色

服务业特别是现代服务业呈现持续快速发展的良好势头，在区域经济发展中的主导地位更加突出，支撑作用更加明显，对区域经济的贡献度不断提高。目前，卢湾区服务业的产业集群已初具规模，现代服务业的专业特色和比较优势初步显现。专业服务业中的投资、会计、咨询三个行业，集聚了普利司通、大冢、安万特等一批大型投资性公司，集聚了全球最大的管理和信息技术咨询公司埃森哲公司、全球最大的会计师事务所普华永道公司、全球最大的人力资源咨询公司之一翰威特公司等一批世界著名外资企业。上海旅游节开幕式、玫瑰婚典、新年倒计时等一系列大型活动提升了卢湾的知名度和影响力，推动了休闲服务业的发展。商贸物流业集聚了佳能电子、新宇钟表、爱芬食品等一批优质企业，神华煤炭公司年销售额和香山钢材市场年交易额均超百亿元。"广告湾"集聚了一批知名广告公司，全市20家4A级广告公司有8家入驻卢湾。"8号桥""田子坊"和"卓维700"被命名为上海首批创意产业集聚区。2005年，现代服务业实现增加值37.21亿元，占全区增加值比重的58.6%。2006年上半年，全区现代服务业的增加值就已占全区增加值的60.3%。卢湾经济整体上进入了经济学界公认的服务业主导国民经济的一种经济状态，即服务经济时代。

## 二、卢湾服务经济高地建设的现实困境

（一）商务楼宇相对不足，腾挪发展的空间比较狭小

卢湾区陆地面积仅7.52平方公里，现有商业商务面积300多万平方米，其中甲级写字楼仅60万平方米。通过近几年的开发建设，目前可供开发的土地资源十分有限，土地楼宇资源的刚性约束很紧，腾挪的空间相对狭小，在一定程度上影响了一些大型的服务业企业机构入驻。与此同时，周边的黄浦、静安、徐汇等区大批甲级写字楼的供应，将对卢湾区知名大企业

的集聚带来全面而深刻的影响，原有的外资集聚、知名服务业企业集聚的先发效应可能会被逐步稀释。

（二）资源分布不够均衡，北密南疏的格局没有取得根本性的突破

卢湾长期的开发建设历史，形成区域内"北商南工"的格局，反映了其发展的不平衡。改革开放以来，历任区委、区政府从国际大都市中心城区的功能定位出发，从"王"字形框架（以淮海中路、徐家汇路、中山南一路与成都路鲁班路高架交会而成的建设框架）到"一街"（淮海中路商业街）、"一中心"（打浦桥地区商贸中心）、"四园区"（打浦桥商住园区、太平桥商住园区、西部旅游园区、南部新型住宅园区），进而确定"北、中、南"三大功能区建设和开发的发展思路，在改变城区发展格局方面，坚持不懈地做了很大努力，虽然交通、楼宇、文体设施等资源分布不均衡，北密南疏的资源配置格局有所改观，但没有取得根本性的突破，服务业的重要企业主要集中在北部，中、南部地区资源没有得到充分开发和利用，本来就不大的区域还只是集聚在其北部的一小块地方，制约了服务业特别是现代服务业的更大范围、更高层次的持续发展。

（三）高端的、知名的服务业机构企业的引进集聚度不够，影响力不够，整个服务业的能级层次有待进一步提升

虽然卢湾区的服务业已有了相当的规模，特别是现代服务业呈现快速发展的态势，引进集聚了一些知名的优质企业，也

培植了一批有影响力的品牌项目，但整体能级还需进一步提升，高端的服务业机构、具有世界影响力的跨国公司服务业企业，引进集聚度不够，具有自主知识产权的服务业品牌不多，卢湾作为上海国际大都市中心城区，现代服务业核心城区的地位体现得不够充分。

### 三、打造卢湾服务经济高地的路径选择

（一）盘整资源，树立导向，变"跟随战略"为"引领战略"

招商引资打造卢湾服务经济高地，我们最重要的资源是楼宇资源。对于卢湾区这样的"袖珍"区来说，盘整好资源，最大限度地发挥好存量资源的作用具有特别重要的意义。

首先，要盘清核准楼宇资源总量。要做好扎实细致的调查工作，查清摸准全区的商务楼宇、门店的资源情况及目前楼宇门店经营的业态情况，确确实实做到心中有数，自己掌握底数，与人商谈合作才有底气。这项工作可以由政府有关部门来做，也可通过政府服务外包，由专业机构来完成。

其次，要对楼宇门店的经营业态进行专题规划。在充分调查的基础上，对于政府可自主节制的楼宇资源，逐幢、逐门店了解当前的经营业态，并对将来适宜入驻的企业规模和经营业态进行专题规划，这一点很重要。虽然政府拥有的楼宇资源相对于全区楼宇资源来说，可能所占的份额不算多，可相对于单

个楼宇业主来说，政府拥有的楼宇资源远远超过单个楼宇业主，规划调整好政府自主节制楼宇的入驻企业规模和经营业态，对于全区经济结构优化和业态调整具有风向标意义。

最后，要把握正确导向，把旗帜树立起来。定期发布卢湾区招商引资产业行业目录导引，分鼓励、允许、限制、禁止类对招商引资的企业规模、行业类别进行提示引领，变被动招商为主动引领，引进集聚一大批知名度高、影响力大、成长性好的优质企业和跨国公司企业地区总部。

（二）突出重点，抓大放小，变"遇商招商"为"招商遇商"

服务业的行业类别众多，随着社会的发展，新的需求、新的业态还将不断涌现。打造服务经济高地，要结合卢湾区域的实际和特点，把握产业的高端与核心环节，发展附加值高、知名度高、带动性强、影响力大的流量经济、总部经济，重点发展高端的专业服务业、商贸物流业、时尚休闲业、创意产业和服务外包五大产业。招商引资，要实施抓大放小战略。资本是有嗅觉的，而且其嗅觉比招商部门要灵敏得多，只要有需求、有市场、有钱赚，许多商家是不招自来的。因此，卢湾区的招商引资工作要从"捡到篮里都是菜""遇商招商"全面出击的格局，转变为有重点地、主动地选择性招商，把工作重点、最主要的人力、物力、财力聚焦到招大引强上，实施"百商计划"。按照服务经济高地建设五大产业重点的要求，从全国范围最优的企业机构当中,从世界范围最知名、最具影响力的企业机构当中去选择招商对象,排出一份动态的相关服务业企业机构名单来,主动地去"遇商",通过多种方式主动接触、洽谈。因为从理论上说,这些高端服务企业机构只要准备到中国发展,准备在上海发展,或者已经在中国发展、已经在上海发展,那么卢湾就完全有可能成为其首选之地或最为有力的竞争者。"十一五"期间,如果每年能引进集聚20家,5年集聚100家这样的高端服务业企业,卢湾服务经济高地建设必将呈现新的格局,整个卢湾的经济发展水平也将跃上一个更高的台阶。

(三)腾笼换鸟,提高能级,变"以量取胜"为"以质取胜"

建设服务经济高地,要最大限度地提高资源利用效率。现在,我们不能仅仅满足于服务业数量上有多少,楼宇资源的出租率有多少,更多地应关注入驻的是些什么样的服务业,是些什么层级的服务业企业机构。要围绕服务经济高地建设的五大产业重点,腾笼换鸟,将一些规模较小、层次较低、辐射影响力不大、效益不高的企业调整出去,做好二次招商工作,提高现有商业商务楼宇入驻企业的产业能级和产出水平,使有限的楼宇资源发挥出更大的效益。

(四)用好机遇,改变形态,变"北密南疏"为"南北比翼"

卢湾区是2010年上海世博会场馆所在地,这为卢湾服务经济高地建设提供了一个千载难逢的发展契机。抓住并用好世博机遇,在卢湾区中部、南部地区建设一批商业商务楼宇项目及相关配套设施,改变区域内"北商南工""北密南疏"的城区格局,将极大地拓展卢湾服务经济高地建设的战略空间。拓展发展空间,改善卢湾特别是南部地区的城区形态,应是"十一五"期间招商工作的重点,也应是最为突出的亮点之一。可以说,区域内"南北比翼"格局的形成之日,将是卢湾经济真正腾飞之时。

(五)营造环境,改善服务,变"我招商"为"商招商"

卢湾作为上海大都市中心城区之一,在显性的楼宇租金和一些短期的优惠政策等商务成本上并无优势,凭什么建设服务经济高地、凭什么吸引大企业大机构入驻,更多地要依靠卢湾良好的环境和高效优质的服务。显性的商务成本是一般服务业企业机构决定入驻和长期居留需考虑的重要因素,而我们要吸引入驻的服务业高端企业、知名大公司对于隐性的交易成本往往比显性的商务成本敏感得多,其更多考虑或更主要考虑的是法治环境、配套服务、经营效率等隐性的交易成本,即"软环境"的优劣。因此,提高招商引资质量,打造服务经济高地,要把营造优良的经营环境摆在更加突出的位置。

一是建设开明的政府。营造"企业守法经营,照章纳税,便感觉不到政府的存在;企业不法经营,则处处都有政府的监管"的良好法治环境;树立"你发财,我发展"的开明开放的理念。

二是建设诚信的政府。重信守诺,说到做到;做不到的就不许愿,办不了的就不承诺,弘扬卢湾诚信精神。

三是建设有效率的政府。这既体现在招商引资时立说立行的办事效率上,也体现在政府各个部门、各个单位日常服务监管过程中的主动、规范和高效率。人往高处走,企业也有"扎堆"的愿景和需要,以互为邻里为荣。卢湾要以在业界的良好口碑,以商招商,使入驻卢湾成为企业实力雄厚、信誉卓著的代名词。

# 上海创意产业发展研究[*]

**内容提要：**创意产业是20世纪90年代由发达国家中心城市主导发展起来的、以文化和知识为核心的新兴产业，其发展规模和程度已经成为衡量一个国家或地区产业结构、经济活力、城市功能和综合竞争力水平的重要标志之一。近年来，作为我国经济中心城市之一的上海，在建设"四个中心"、实现"四个率先"的进程中，主动顺应世界产业格局发展的大趋势，牢牢把握经济发展方式转变的历史机遇，创意产业风起潮涌、方兴未艾，短短几年的快速发展，创意产业正成为加快上海产业结构优化升级、提升城市综合竞争力、促进经济社会又好又快发展新的策源力和助推器。本文从阐述创意产业及其本质特征入手，综合分析了上海创意产业的发展现状、主要特点、面临的形势与优势、存在的问题与挑战，在此基础上，对进一步

---

[*] 本文完成于2009年3月，是笔者就读中共中央党校在职研究生的毕业论文。

推进上海创意产业的发展提出了思路和对策。全文共分四个部分：第一部分，重点阐述创意产业的概念及范围界定，文化产业与创意产业的关系，以及创意产业的主要特征。第二部分，重点研究和分析了上海创意产业发展现状，以及在发展重点、产业形态、发展路径、推进机制等方面呈现的主要特点。第三部分，从国际、国内、上海自身三个层面分析了上海创意产业面临的发展形势，具有的优势和发展机遇，以及目前存在的一些突出问题。第四部分，重点阐述了进一步推进上海创意产业发展的思路和对策建议。

**关键词**：经济；发展；创意产业；上海市

在全球化趋势不断加强、国际竞争日趋激烈的今天，由发达国家中心城市主导发展起来的、以文化和知识为核心的创意产业在世界各地勃兴，其发展规模和程度已经成为衡量一个国家或地区产业结构、经济活力、城市功能和综合竞争力水平的重要标志之一。不少国家和地区已经把创意产业作为战略产业与支柱产业，并采取相应的政策措施和手段来积极推动与扶持其发展。近年来，作为我国经济中心城市之一的上海，在建设"四个中心"、实现"四个率先"的进程中，主动顺应世界产业格局发展的大趋势，牢牢把握经济发展方式转变的历史机遇，创意产业风起潮涌、方兴未艾，展现出了良好的发展势头和广阔的发展前景，创意产业正成为加快上海产业结构优化升级、提升城市综合竞争力、促进经济社会又好又快发展新的策动力和助推器。本文从阐述创意产业及其本质特征入手,重点研究和分析了上海创意产业的发展现状与主要特点、面临的形势与挑战,并就进一步推进上海创意产业的发展提出了思路和对策。

# 一、创意产业及其本质特征

## (一) 创意产业的概念与范围界定

创意产业是世界经济进入知识经济时代,在全球产业结构调整和升级的背景中发展起来的一种新兴产业。创意产业,又叫创意工业、创造性产业、创意经济、文化创意产业等,其概念主要来自英语 creative industries 和 creative economy。创意产业缘于文化产业,又超越文化产业。早在 1986 年,著名经济学家罗默就曾撰文指出,新创意会衍生出无穷的新产品、新市场和财富创造的新机会,所以新创意才是推动一国经济成长的原动力。1994 年,澳大利亚公布了第一份文化政策报告,提出了"创意国家"目标;但作为一种国家产业政策和战略,"创意产业"理念最早是由英国创意产业特别工作小组在 1998 年发布的《创意产业图录报告》中正式提出的,英国成为第一个提出"创意产业"的国家。该报告明确提出了"创意产业"这一概念,即:那些源于个人创造性、技能和智慧,通过对知识产权的开发和运用而有潜力创造财富和就业机会的产业。在这一概念中，创意产业的核心内容是文化和创意，它推崇创新，推崇个人创造力，强调文化艺术对经济的支持与推动。有"创意产业之父"之称的英国经济学家约翰·霍金斯在其《创意经济——如何点石成金》一书中，将创意产业界定为其产品都在知识产权法的保护范围内的经济部门，认为版权、专利、商标和设计产业四个部门共同构成了创意产业和创意经济。可见，最初的创意产业脱胎于文化产业，由政策制定者"发明"，带有鲜明的政治色彩。

从创意产业缘起的背景来看，它是一种与文化紧密联系、自上而下的发展策略，是政府促进本地经济、文化、社会进步甚或成为国家优势的产业政策。英国在提出"创意产业"之前，一直使用"文化产业"这个概念，与文化产业相关的产业部门成为早期创意产业的主要内容，英国对创意产业的定义也成为之后各个国家和地区确立创意产业发展战略的标杆。文化产业、内容产业、版权产业和创意产业被视为性质相同的产业。

从创意产业在世界各地的发展实践来看，创意产业更是超越文化产业的一种新型产业业态。文化产业强调其产业活动的范围，主要是指生产销售文化产品和提供文化服务。创意产业强调其产业活动的源泉，主要是指创意对整个产业的拉动，凡是以创意为龙头带动的产业，如动漫设计、服装设计、建筑设计、工业设计、集成电路设计、计算机软件开发等，都属于创意产业。文化产业中，大部分经济活动主要靠创意拉动，如电视、电影、广告、期刊、文艺演出等，但也确实有一些经济活动主要不是靠创意拉动，而主要靠传统的工业化大批量生产拉动的。例如，办公用的复印纸、学生使用的练习本，接收广播电视的收音机、电视机，广播、电视、电影设备，家用影视、音响设备等，显然，这些产品属于文化产品，其生产、批发和零售活动属于文化产业的活动，但是，其产值和利润主要是靠工业化大批量生产和传统商业活动实现的。由此可见，文化产业中有相当大部分的产品和活动属于创意产业，但不能说文化产业全部都是创意产业。创意产业中，创意产品来源于创意者的灵感、想象、知识、技术、经验，这些都是文化。没有文化就没有创意，也就没有创意产品，更谈不上创意产业。因此，创意产业天然地与文化产业相联系，但是，创意并不局限于文化产业，而是广泛地渗透到其他产业，带动其他产业的发展。例如，好的建筑设计可以拉动建筑业、建筑材料工业、房地产业；好的软件设计可以拉动信息产业；好的工业产品外观设计可以拉动相关工业产品行业。文化产业与创意产业的关系如图1所示：

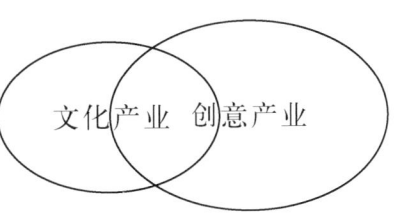

**图1 文化产业与创意产业的联系和区别**

在国际社会中，创意产业的概念和分类至今还未得到十分严格、统一的界定，各地官方和学者也都认同这一概念具有多重含义，并在不同的历史、文化背景下和不同的意义上理解与使用着这一概念，呈现"百花齐放"的格局。

表1 部分国家/地区/组织创意产业分类情况表

| 国家/地区/组织 | 定义 | 分类 |
| --- | --- | --- |
| 英国 | 源于个人创造性、技能和智慧，通过对知识产权的开发和运用而有潜力创造财富和就业机会的产业 | 广告、建筑、艺术品和古董交易、互动性娱乐软件、手工艺品、（工业）设计、时装设计、电影和录像、音乐、表演艺术、出版、电脑软件和电脑游戏、电视广播等13个行业 |
| 美国 | 版权产业成为创意产业的代名词。创意内容在产业产出的文化和经济价值中居中心地位的产业部门，包括创意过程中各阶段（产品理念的产生、产品产出及产品的最初展示）所涉及的企业与个人 | 广告、电影和电视、广播、出版、建筑、设计、音乐、视觉艺术、表演艺术 |
| 中国台湾 | 采用"文化创意产业"的名称。源自创意或文化累积，通过智能财产的形成与运用，具有创造财富与就业机会潜力，并促进整体生活环境提升的行业 | 出版、电影与录像、工艺品、古董、广播、电视、音乐及表演艺术、社会教育服务、广告、设计产业、建筑、软件与数码游戏、创意生活产业 |
| 中国上海 | 以创新思想、技巧和先进技术等知识和智力密集型要素为核心，通过一系列创造活动，引起生产和消费环节的价值增值，为社会创造财富和提供广泛就业机会的产业 | 研发设计、建筑设计、文化传媒、咨询策划和时尚消费 |

续表

| 国家/地区/组织 | 定　义 | 分　类 |
|---|---|---|
| 联合国教科文组织 | 创意是人类文化定位的一个重要部分，可以不同形式表现。文化产业可被视为"创意产业"；以经济术语来说，"朝阳或者未来取向产业"；或者以科技术语来说，"内容产业" | 印刷、出版与多媒体、视听、录音与录像制作、工艺与设计；对有些国家，还包括建筑、视觉与表演艺术、运动、音乐器材制作、广告和文化旅游 |

综上所述，创意产业是一个与个人创造力、知识产权相关的概念，它没有非常明确的产业范围边界，可以与第一产业、第二产业以及第三产业相互融合和渗透，是三次产业中处于价值链高端的、富有高新技术和（或）文化内涵的行业的总和。创意产业已经超越了一般文化产业的含义，不仅注重文化的经济化，而且注重产业的文化化，特指那些主要依靠知识创新带动商品生产和服务提供，通过市场交易和现代生产运营方式创造财富的独立的产业部门。这些部门与其他产业部门相比，具有较多的文化因素、较高的科技水平和较强的竞争力。从各国（地区）不同的定义和范畴界定中，我们可以看出创意产业有三项共通的核心构成元素：一是以创意为产品内容；二是利用符号意义创造产品价值；三是知识财产权受到保护。

2005年，上海市经济委员会和上海市统计局联合发布了《上海创意产业发展重点指南》。本文关于上海创意产业发展研究中创意产业的定义和范围界定来自该指南,即:上海创意产业具体是指以创新思想、技巧和先进技术等知识和智力密集型要素为核心,通过一系列创造活动,引起生产和消费环节的价值增值,为社会创造财富和提供广泛就业机会的产业,主要包括研发设计、建筑设计、文化传媒、咨询策划和时尚消费等 5 个大类,共 38 个中类、55 个小类。

表 2　上海创意产业重点发展行业

| 类　别 | 行　业　名　称 |
| --- | --- |
| 研发设计创意 | 基础软件服务、应用软件服务、其他软件服务、计算机系统服务、互联网信息服务、雕塑工艺品制造、金属工艺品制造、漆器工艺品制造、花画工艺品制造、天然植物纤维编织工艺品制造、抽纱刺绣工艺品制造、地毯挂毯制造、珠宝首饰及有关物品制造、其他工艺美术品制造、日用玻璃品及玻璃包装容器制造、日用陶瓷制品制造、园林陈设艺术及其他陶瓷制品制造、研究与试验发展、广告业、知识产权服务、其他专业技术服务 |
| 建筑设计创意 | 工程管理服务、工程勘察设计、规划管理、城市绿化管理、建筑装饰业 |
| 文化传媒创意 | 新闻业、出版业、广播、电视、电影制作、音像制作、文艺创作与表演、博物馆、其他文化艺术 |
| 咨询策划创意 | 市场调查、社会经济咨询、其他专业咨询、会议及展览服务、其他未列明的商务服务、证券分析与咨询、保险辅助服务、其他计算机服务、其他软件服务、科技中介服务、其他科技服务文化艺术经纪代理 |
| 时尚消费创意 | 理发及美容保健服务、婚庆服务、摄影扩印服务、室内娱乐业、休闲健身娱乐活动、旅行服务、旅游景区服务 |

## （二）创意产业的特征

创意产业发展的时间虽然不长，但与传统产业相比，它表现出如下特征：

### 1. 创新性

创新性是创意产业的本质特征。这种创新可以是完全创新的发明、发现、构想，可以是对已有成果进行部分改进的创新，也可以是对已有知识成果和科学原理在实际应用方面的创新，还可以是各种要素的重新组合。创意产品的生产是具有自主知识产权的创新过程，同时，在创意产品的营销过程中，也始终贯穿着艺术创意、经营创意、推广创意、销售创意，正是这一系列的创新创意，才能把信息、情感、品位、观念、技术、资金和营销网络结合起来，从而形成强大的创意产业。

### 2. 融合性

融合性或渗透性是创意产业最显著的外部特征。从产业层面上讲，创意产业是以创意产品为主体，如设计创意、题材构思、选题策划、导演形式、生产工艺、标准以及销售模式等，但它自身的价值实现却更多是以相关产业的产品为基础，如工业品，甚至包括农产品。从产业组织层面上讲，创意产业的发展是以众多相关企业为基础，把艺术家、经纪人、生产商、销售商等不同的参与者连接起来的产业链条，链条中的各个环节将可能涵盖各种类型的具体产业。创意产业是无边界产业，它可以融合到任何产业里，并以一种新的思维方式提供新的产品、新的发展模式，实现创意产业化、产业创意化。比如用创意产业的思维方式和发展模式整合有关旅游资源、农业资源，创新产品、创新模式，就形成创意旅游、创意农业。

3. 知识文化要素密集

创意产业是具有明显知识经济特征和高度文化含量的一种产业。知识创新和文化创意要素是创意产业的核心要素。创意产业与传统产业相比，其核心的生产要素不再是使用大量的物质资源、劳动力和资金，而是以知识和文化创意的无形要素为主，运用人的智力、创造力和智能，以消耗较小的物质和资金成本，在创意的产业化、商品化过程中，实现巨大的经济价值。创意产业中体现的知识和文化创意要素既可以物化在工具、机器、设备和装置等有形的实体物质中，也可以表现为知识形态的信息资料、图纸设计或工艺、方法、规则和软件等而附着在图纸、软盘、光盘等媒体介质上，还可以存在于富有创新精神的技术人员或管理人员的头脑中，结合形成创意产业的人力资本。

4. 高附加值

创意产品是一种比较特殊的产品，提供给消费者的价值更多的在于满足人们的审美趣味、思想观念、生活方式、消费心理和文化习俗等方面的需求，其在制造过程中消耗的物质元素较少，创意、创新较多地凝聚了人们的知识、智慧，是一种高级的复杂劳动。按照劳动价值理论,复杂劳动应是多倍的简单劳动,因而创意产品也体现出其远高于一般产品的价值,创意产业也就表现出其不同于一般产业的高附加值特性。随着经济的发展,物质生活的丰裕,消费需求出现了个性化、高级化的趋势,人们越来越看重商品中通过创意、创新而体现出来的这种复杂劳动的价值,越是具有高品质创意,或具有能为多数人认同的文化创意的商品,就拥有越高的价值。创意产品内含的创意、创新要素与其价值成正比,创意是一种能带来巨大增值的资本,创意是创造价值的过程。

5. 高风险性

与其他产业相比,创意产业具有较高的风险性,这主要表现在:一是创意产品的市场不确定性决定了创意产业的高风险性。文化产品、精神产品的需求既多样化又多变化,需求弹性很大,影响需求量的因素很多,从而使文化需求具有特殊的层次性、多样性和不确定性的特点。同时,文化生产也因为文化资源的丰富性、生产过程的主观性而具有强烈的独创性和个性化色彩,这就使文化产品的供求矛盾远比物质产品突出和难以捉摸。二是创意产业面临着国内和国际的双重挑战。在经济全球化大背景下的文化冲击和入侵,欠发达国家的主权趋于弱化和传统文化边缘化的趋势,从而导致本民族的创意产业与世界的创意产业之间存在着某种紧张状态。同时,绝大部分创意产业面临着显著的集中化现象,国际化大集团在主导着如娱乐产业的生产和传播。

## 二、上海创意产业发展现状与主要特点

(一) 上海创意产业发展现状

近年来,上海创意产业在产业结构调整中应运而生,以2004年在上海举办的中国创意产业发展论坛为标志,短短几年,上海创意产业呈现形成集聚、提升功能、快速发展的良好势头,有力推动了经济增长,成为上海经济社会发展的一个亮点。

**1. 产业规模不断扩大**

2007年,上海创意产业涉及的38个中类、55个小类行业总增加值为857.81亿元,同比增长27.2%,占全市增加值的比例由2005年的6.0%、2006年的6.55%,提升到2007年的7%,其中研发设计创意361.63亿元、咨询策划创意269.02亿元、建筑设计创意126.63亿元、文化传媒创意65.28亿元、时尚消费创意35.24亿元。创意产业已经成为推动上海经济增长的重要产业之一,发挥着对其他产业的强大带动作用。此外,根据2007年上海市相关统计数据,运用上海市创意产业指数计算公式,将2004年设为基准年,创意指数的参考值设为100,经过计算,2005年上海创意指数为109.1,2006年创意指数为119.27,2007年创意指数为137.48,彰显了创意产业巨大的增长潜力。

## 2. 产业集聚区建设初具规模

创意产业集聚区成为创意产业发展的重要载体。截至2007年底，上海市正式授牌的市级创意产业集聚区共有75个，集聚区总建筑面积221万平方米。集聚区入驻创意产业类企业近4000家，分别来自美国、日本、比利时、法国、新加坡、意大利等30余个国家和地区，集聚了一批优秀创意人才。通过保护性开发的老厂房、老仓库和老大楼占创意产业集聚区总量的2/3以上，并逐步形成区域特色，实现了创意产业发展与工业历史建筑保护、文化旅游相结合，体现了建筑价值、历史价值、艺术价值与经济价值相融合。

## 3. 产业影响力不断增强

作为国内最早推进创意产业发展的城市，上海发展创意产业的先发优势和品牌效应初步显现。上海已经拥有一批创意产业品牌，8号桥、M50、田子坊等一批创意产业集聚区在业内具有很高的知名度，其中部分集聚区成功实现了品牌输出。上海国际创意产业活动周的影响力不断扩大，自2005年举办第一届创意产业活动周至今，已连续举办了4届，在国际上赢得了相当高的知名度，吸引了国内几乎所有重视创意产业发展的省市及国外发达创意产业国家和地区参加。2008年举办的第四届上海国际创意产业活动周，有来自丹麦、荷兰、德国、澳大利亚等20多个国家和地区的创意产业企业参展，日平均参观人数突破3万人，活动周吸引了20多万人参观，其中专业观众达70%、国外观众达25%，专业化程度和国际化程度进一步提高。通过打造创意产业品牌，成功举办一系列活动，不断扩大创意产业影响，引起了国内外普遍关注。联合国教科文组织、联合国贸发组织等数十个相关机构以及国内20多个大城市来沪考察，交流创意产业发展经验。上海已成为国内外创意产业资源的集聚地，国内外知名创意产业企业和机构纷纷抢滩上海，上海被认为将成为继伦敦、东京、纽约等之后的又一世界级创意产业中心。

4. 产业运作机制初步形成

上海形成了政府积极协调，国有、民营、外资企业共同推进，中介机构主动参与的创意产业推进机制。一是发挥政府的引导作用。鼓励采用"三个不变"的开发方式，即老厂房、老仓库、老大楼的房屋产权关系不变、房屋建筑结构不变、土地性质不变，兼顾各方面利益，降低建设开发成本，促进创意产业园区加快建设。二是发挥企业的市场主体作用。初步形成了6种园区建设模式，即体制外企业投资运作、国有企业集团运作、大学投资建设、多个大集团合作、街道与经营者合作、行业协会牵头建设等。三是加强产业服务平台建设。建成并开通了中国第一个创意产业门户网站——"创网"（www.021ci.com），启用了中国设计网，成立了上海创意产业投资有限公司，建成并发挥"上海创意之窗"功能，建立了一批各具特色的创意产业人才培训基地，初步建成信息服务、投融资、展示交易、国际交流、教育培训等服务平台，对促进创意产业的发展发挥了支撑作用。四是发挥各种中介机构的推动作用。相继成立上海创意产业中心、上海创意产业协会、上海创意产业投资有限公司、上海创意产业研究所等一批社会中介组织、投资机构和研究机构，推动创意产业发展。

（二）上海创意产业发展的主要特点

**1. 在发展重点上，突出与城市功能相适应的产业板块**

上海及周边的长三角地区是中国最重要的制造业基地之一，因而，上海创意产业的重点集中在为先进制造业和现代服务业服务的创意设计，如工业设计、服装设计、工艺美术品设计、广告设计、软件设计等；与建筑相关的创意设计，如室内装潢设计、建筑设计、环境设计、城市规划等；与咨询策划相关的创意设计，如市场研究、专业咨询、会展策划等；与文化相关的创意设计，如媒体策划、艺术创作、影视制作、动漫设计等；与消费相关的创意设计，如时尚消费设计、休闲旅游设计、婚庆设计等。

**2. 在产业形态上，咨询策划异军突起，发展势头迅猛**

2007年，上海创意产业实现总产值2902.98亿元，增加值857.81亿元，研发设计、咨询策划、建筑设计创意的总产值及其对增加值的贡献率居前三位，显示了创意产业作为智慧型产业对于知识技能和创新力的深度依赖，也充分说明了"创意就是生产力"的深刻道理。其中，咨询策划创意表现尤为突出，2005年、2006年、2007年增加值增长率分别为19.6%、33.5%、47.2%，在创意产业总产值中的比重也是节节上升，2007年为27.1%，占1/4强。

3. 在发展路径上，注重发挥产业园区的集聚、示范、引领、辐射作用

政府通过规划，以产业园区的形式建设一批创意产业集聚区，从而促进产业规模的扩张和创意要素的集聚，再向以创意园区为核心的区域化发展转变。这一发展路径是上海发展创意产业最重要的经验，也是最鲜明的一个特点。自2005年4月以来，上海以推动产业集聚为特征，在政府主管部门的规划指导下，75个市级创意产业集聚区，突出城市设计，新旧建筑结合，注重保护街区的历史风貌，注重搭建完善的公共服务平台，在风险投资、人才集聚与培养、创意与设计、生产与制度推广、销售与品牌培育等方面已初步形成区域产业的群体集聚、创意互动的聚合联动效应，开始形成适应服务经济发展的现代城市产业链，体现了现代都市型产业的特色与风貌。

4. 在推进机制上，中介组织发挥着越来越重要的作用

上海创意产业发展已经形成了颇具上海特色的由政府、企业和各类中介组织三元合力的推进机制，政府引导协调、企业投资运作、中介服务保障，不仅明确各自的功能定位，还充分发挥三者在不同领域的优势力量。在政府层面，建立了有利于创意产业快速、健康发展的制度性、政策性的支持体系和框

架。上海市委宣传部、上海市经济委员会、上海市知识产权局、上海市版权局、上海市工商行政管理局、上海市科委等分别从文化、企业、知识产权、版权、商标、技术创新等不同的角度制定了相关的政策措施，积极助推上海创意产业的发展。相关部门发布了《上海创意产业发展重点指南》《上海创意产业"十一五"发展规划》，并出版了2006年、2007年、2008年《上海创意产业发展报告》等。在企业层面，上海目前有近4000家创意企业进驻"上海创意产业集聚区"，形成了一些具有竞争优势的品牌企业、业内龙头企业，如张江文化创新基地等。在中介组织层面，建立了跨部门、跨行业的创意产业行业组织——上海创意产业协会；成立了具体推进创意产业发展的非营利机构——上海创意产业中心，徐汇区、虹口区等先后成立了区级创意产业中心；同时，在学术界和教育界积极发挥理论指导和人才培育的功能，如：上海社会科学院成立了创意产业研究中心，设立了文化创意产业特色学科，专门从事文化创意产业的研究、咨询等工作；上海戏剧学院成立了创意产业学院，着力培育适应创意产业发展的各类创意人才；等等，这些单位和组织在创意产业发展的推进过程中正发挥着越来越重要的作用。

## 三、上海创意产业发展面临的形势与挑战

（一）上海创意产业发展面临的形势

关于上海创意产业发展面临的形势，可以从不同的层面进

行分析。

1. 从国际看

创意产业蓬勃发展，已经成为国际产业发展的一个重要趋势。据不完全统计，全世界创意产业每天创造的产值达220亿美元，并以每年5%左右的速度增长。一些发达国家的创意产业发展速度超过总体经济的3—5倍，美国创意产业成为国内最大的出口产业；英国创意产业产值超过任何制造业门类对GDP的贡献率。很多国际大都市把发展创意产业放在重要的位置，如伦敦把创意产业列为核心产业。联合国教科文组织为推动创意产业的发展，开展了授予"创意城市"的活动，柏林、蒙特利尔等城市已经获此殊荣。在经济全球化的大背景下，国际上一些著名的文化、传媒、影视业巨头更是携资本、品牌、渠道等优势开始大规模进入中国市场，国际的竞争日趋激烈，这对我国、对上海创意产业的发展既是一次良好的机遇，又是严峻的挑战。

2. 从国内看

改革开放以来，我国经济实力显著提高，综合国力明显增强，工业化、信息化、城市化、市场化、国际化步伐不断加快，这些都为创意产业的发展奠定了扎实基础。北京、深圳、广州、重庆、西安、长沙等城市，也都结合各自特点，充分发挥各自优势，着力优化发展环境，推进体制机制创新，制定发展规划，出台相关支持政策措施，致力于培育、发展、壮大文化产业和创意产业,探索适合各自实际的创意产业发展的特色定位和重点领域。

3. 从上海看

经过改革开放,特别是浦东开发开放以来,上海经济已进入一个新的发展起点,迫切要求通过提升产业能级来应对因为商务成本与人力资源成本不断提高给经济进一步发展带来的巨大压力。要加快自身发展,就必须从以投资驱动为主转向以创新驱动为主,切实转变经济发展方式。大力发展创意产业,可以突破商务成本约束,缓解资源和环境压力,增强中心城市的辐射和带动作用,加快从生产型经济向服务型经济转变。

(二)上海创意产业发展的优势和机遇

上海加快发展创意产业,具有多方面的综合优势。

一是拥有制造业发达、服务业繁荣的产业优势,上海经济发展水平较高,2008年人均GDP已突破1万美元大关,达到10529美元,为发展创意产业提供了坚实的经济基础。

二是拥有大量的老厂房、老仓库、老大楼和老洋房等优秀历史建筑和文化建筑资源,为发展创意产业提供了得天独厚的发展空间。

三是具有东西方文化交融、国际化程度高的特点,为发展创意产业提供了一个相对开放、宽松的市场环境和人文氛围。

四是拥有大量高素质的人才和众多的教育机构,为发展创意产业提供了丰富的人力资源。

五是率先在全国大城市中进行了探索实践,为发展创意产业积累了一定经验,相对于国内其他发展创意产业的城市具有先发优势。

六是2010年的上海世博会将为上海创意产业提供一个千载难逢的发展机遇。"城市让生活更美好"的主题是第一次以城市作为世博会的主题,其本身就是一个很好的创意,而如何演绎好这一主题,更是需要源源不断的创意来支持,成功地举办好上海世博会,必将带动设计、会展、娱乐、印刷、广告、软件等相关的创意产业群的发展。

(三)上海创意产业发展存在的主要问题

与纽约、伦敦、东京等国际大都市相比,与上海建设创意之都的目标相比,还有一些突出的问题需要正视和破解。

1. 统筹协调不够,产业支持政策有待聚焦

上海各个行政部门都在积极推进创意产业的发展,包括市委宣传部、市经济委员会、知识产权局、版权局、工商行政管理局、市科委等,造成多头管理的局面。由于这些部门在行政级别上处于同一层次,彼此间没有隶属关系,又缺少常设的沟通协调机制,在实际工作中极易产生重复投资、推诿等问题,无法形成整体发展合力,这已成为制约上海创意产业健康发展的体制瓶颈。支持创意产业发展的投融资、税收、进出口、人才培养等政策体系尚未形成,尤其对中小规模创意企业的政策支持力度较弱。

## 2. 创意成果开发保护不力，法治环境有待优化

目前，上海拥有自主知识产权的创意品牌仍然比较少，全社会对创意产品的推广及保护力度严重不足，创意产业公共交易平台不够完善，制约了"产业创意化、创意产业化"机制的形成。以动漫产业为例，其经营模式有三种：一是动漫产品；二是音像制品市场；三是衍生品市场（包括服装、玩具、饮料、儿童用品等）。据调查，在14—25岁的上海青少年中，喜欢卡通的比例达到九成，有五至六成的人在过去半年内为自己喜欢的卡通买过杂志、影碟、玩具、服装和饰品等相关产品，但是这些相关产品中90%以上是欧、美、日、韩等国家和地区的舶来品。上海原创性的创意设计产品相对缺乏，加之不同类型市场通路所需的营销策略不足，还有对盗版和仿制等侵犯创意创新者权益的行为打击力度不够，这些都影响了创意产业的发展。

## 3. 创意人才的培养与集聚力度不够

创意人才的培养是创意产业发展的核心要素。虽然上海在引进创意人才方面做了不少功课，但与发达国家与地区相比，上海不仅在创意人才的总量上偏少，而且在层次和结构上也存在一定差距，特别是缺乏既通晓创意产业内容又擅长经营管理的管理者和灵感迸发、创意迭现的创作者。据统计，在创意人才培养方面，日本有5000万人受过创意培训，美国有3900万人受过创意培训，而在我国专门受过创意培训的人才还不到10

万人。近年来上海虽然在相关创意人才的培养上有了很好的起步，依托高校及科研院所建立了文化创意特色学科，在上海戏剧学院还成立了创意产业学院，联合企业、行业机构和国际组织，相继建立了一批各具特色的创意产业人才培训基地，初步构建起了相应的教育培训平台，但创意人才总量、结构、素质等还远不能适应产业发展的需要。

**4. 创意产业集聚区建设重形态轻业态**

通过打造创意产业园区来推进创意产业发展，是上海创意产业发展的模式、抓手，也是最重要的经验之一。纵观5年来的园区建设和实践，这些由政府"有形之手"主导和"复制"的园区，由于机制不健全、定位不明确，无一例外地花费大量资金投入进行了物理空间的"美丽变身"。创意产业的市场经济属性，决定了其发展是一个自然的过程。无论是纽约的苏荷，还是上海的M50、泰康路田子坊等创意产业园区，其生成都是自然聚落的。这些老厂房、老仓库过了自发成形阶段而进入被"打造"行列，立即身价倍增，进驻的门槛也变得奇高，租金由原来的每天每平方米一两元，上涨到每天每平方米10—20元，与上海最高档的写字楼租金相同，一些真正需要孵化、需要扶持帮助的小型创意企业就被阻挡在了创意园区的大门之外。不少创意产业园区中充斥着画廊、高级或者并不高级的时尚店、小礼品店以及咖啡馆、饭店之类，"把配餐当成了正餐，把从属物当成了核心"，商业化的市场正不断地挤占蚕食着本该是创意产业生存发展的空间。上海创意产业集聚区建设需要完成从形态制造向业态优化的全面转型。

## 四、推进上海创意产业发展的对策

综观全球,那些具有国际影响力的大城市几乎无一例外都是创意产业最集中、最发达的地区,且以富有特色的创意产业而闻名。例如,纽约、伦敦、东京,不仅是全球的经济中心,国际资本、商品、技术、信息的集散地,也是国际文化交流的中心城市,是世界各国多元文化交汇、融合、传播、扩散的网络终端,是创意人才的集聚地。上海要建设现代化国际大都市,成为国际经济、金融、贸易和航运中心之一,除了尽快提高自身的经济规模和实力,还必须大力推进产业结构战略调整,提升产业能级,转变发展方式,增强城市综合竞争力,努力走出一条创新能力显著提高、资源消耗持续降低、生态环境逐步改善、城市综合服务功能充分发挥的经济发展新路。

以上综合分析了上海创意产业的发展现状、主要特点、面临的形势与优势、存在的问题与挑战,在此基础上,对进一步推进上海创意产业的发展提出以下对策建议。

(一)明确发展目标

中国共产党上海市第九次代表大会报告明确提出,要在加快服务业发展中推进结构调整,大力发展现代服务业,重点发展金融业、现代物流业、信息服务业和创意产业,将"创意产业"作为重点发展的四大现代服务业之一,第一次将"创意产业发展"提到前所未有的高度。《上海市"十一五"创意产业发展规划》强调,要紧紧抓住国际产业结构调整和筹办上海世博会的机遇,着眼于优化产业结构,增强城市综合服务功能,提升城市国际竞争力,以产业为体,创意为本,文化为魂,突出"创意设计、自主创新"的功能定位,突出"政府引导、机构引领、市场运作"的推进模式,突出"创意、创新、创造联动"的互动机制,大力培育和发展创意产业,扩大产业规模,优化产业布局,提升产业能级,把上海建设成为开放度高、带动性强、特色鲜明、充满活力的创意之都,成为国际知名的创意人才、机构和大师的集聚之地,创意信息、成果和趋势发布交流中心,创意产业化和产业创意化的转化中心。

首先,在产业规模上:创意产业重点领域保持快速增长,规模继续扩大,增加值保持两位数增长,到 2010 年,占全市增加值的比重力争达到 8% 左右,进入世界先进国家(地区)的行列。

其次,在产业布局上:以现有创意产业集聚区为基础,结合产业结构调整、旧区改造、历史建筑和文化遗产保护,打造黄浦江沿岸创意产业带和苏州河沿岸创意产业带,推动区域创意产业发展,形成功能定位合理、区域特色明显的创意产业空间布局。

最后，在产业功能上：形成若干在国内外有影响力的创意产业集聚区和中介机构；创作更多具有较高水准的创意产品和文化精品；培育一批具有较强竞争力和影响力的创意产业龙头企业；打造一批具有较强影响力的创意产业自主品牌；集聚和培养一批有国际影响力的创意设计大师；建立若干在国内外有广泛影响力的公共服务平台；办好上海世博会的相关创意活动和文化活动。

笔者认为，上海市创意产业的上述发展目标是可行的，通过努力也是可以实现的，它对于引领产业发展方向、整合资源、把握重点、凝聚力量具有极为重大的意义。应在把握上海创意产业整体发展目标的基础上，紧紧抓住举办上海世博会这一难得的战略机遇，充分发挥上海在科技、文化、资金、管理、人才、信息等方面的优势，发挥创意产业的高端引领作用，利用现有产业园区（集聚区）所积累的经验，引导重点项目和重点区域的发展，实现从点到面的转型，从形态到业态的转型，以及从产业层面到区域层面的转型，以加快转变上海经济发展方式为抓手，强化创意产业的创新模式，有序推进上海创意产业的全面升级，实现上海经济又好又快发展。

（二）加强政府引导

1. 成立高规格的协调机构，完善工作机制

创意产业是无边界产业，需要综合协调，由本区域最高层

领导担任创意产业发展的负责人是国内外的一条重要经验。例如，英国提出发展创意产业战略时，由时任首相担任"创意产业特别工作组"主席；中国香港特别行政区是由时任行政长官担任创意产业推进的总负责人，北京市由市委、市政府主要领导出任北京市文化创意产业领导小组组长。成立"上海创意产业领导小组"，应由市主要领导直接挂帅，统筹和协调上海创意产业的各项资源，定期召开协调会，加快上海创意产业核心要素的培育和集聚，打造创意产业品牌，形成融合型的产业体系，促进上海经济发展方式的转变。进一步明确有关部门的职责，合理分工，发挥"两级政府、三级管理"的作用，完善政府的引导机制，形成市、区县、街道乡镇共同推进创意产业发展的工作机制。

2. 完善相关政策，加大财政支持力度

抓紧研究制定支持创意产业发展的投融资、税收、进出口等方面的配套政策。建立健全统计评价指标体系，抓紧研究制定创意产业统计制度和指标体系，特别是确定动漫和网络游戏、创意设计等新兴行业的统计指标，为科学决策提供量化依据。加强产业引导、分类指导和政策支持，为创意产业发展营造良好环境。发挥财政资金的引导示范作用，设立创意产业发展专项资金，建立信贷担保制度，采取多种方式，对符合政府重点支持方向的产业集聚区、重点项目予以扶持，解决创意企业贷款担保难的问题。

### 3. 引领消费需求，引导产业发展

进一步完善政府购买服务机制，加大对创意产业中介机构服务的购买力度，政府部门带头使用优秀创意产品，积极培育市场，扩大产业规模。定期发布创意产业发展指南，引导产业发展方向；定期编制发布《上海创意产业发展报告》，及时反映创意产业发展情况，为企业提供产业信息服务。

### 4. 大力扶持重点项目和重点企业

按照突出重点、形成亮点、兼顾一般、推动全局的原则，研究制定重点项目评审规则，确定一批具有重要示范、引导、带动意义的重点项目和重点企业，带动创意产业发展。积极支持有潜力的中小企业做大做强。探索多渠道为创意中小企业和个人提供支持的创意产业发展资金，重点推动扶持有潜力的创意产品产业化，帮助解决创意者个人缺少资金、研发投入不足、开拓国际市场难等问题。

### 5. 坚持功能开发与保护建筑相结合

把创意产业发展融入城市发展、历史建筑和文化遗产保护之中，通过创意设计和改造，在保留老建筑的历史、文化风貌基础上，为其注入新的产业元素，使老建筑成为激发创意灵感、吸引创意人才、集聚创意产业的场所，体现历史文脉与现代文明、城市过去与未来发展传承，实现经济效益和社会效益双赢。

## （三）完善服务体系

正确处理好政府、市场、企业三者关系，发挥好政府的主

导作用、市场的资源配置作用、企业的主体作用和中介机构的服务作用，发挥好研究机构、高校、各类协会的专业优势，共同推动创意产业发展。

1. 加强服务平台建设

建立和完善各类产业公共发展平台，努力为创意产业发展提供信息服务、管理咨询、市场交易、技术支持、人才培训等服务。

2. 鼓励和支持创意产业中介机构、行业组织发展

加快发展经纪、代理、评估、鉴定、推介、咨询、拍卖等创意产业领域的中介机构，进一步规范中介机构的经营行为。大力发展行业组织，积极履行市场协调、自律、服务、维权等职责，为企业构建良好的社会服务体系。

3. 进一步搭建交流平台

积极开展以"创意产业"为主题的高层论坛、专家研讨会、博览会、设计比赛和成果展示等活动，引导社会广泛参与，为创意人士提供相互交流沟通的机会与平台。争取各种国际性创意产业活动在上海举办，各类国际性创意产业机构在上海落户或建立分支机构，并为这些活动和机构做好综合性服务。加强与发达国家和地区城市的交流与合作，对接国际高端资源。同时，学习、借鉴国内城市发展创意产业的经验，加强交流与合作，共同促进创意产业的发展，为推动全国创意产业发展做出贡献。

（四）加快人才集聚

人才是推动创意产业发展最核心的因素、最重要的资源。要加快上海创意人才高地建设，为创意产业的发展提供源源不断的智力支持。

*1. 着力引进创意人才*

大力引进海内外高级创意人才，结合 CEPA，全面推进沪港创意人才的交流合作；结合"世博人才"开发计划，加快制定上海市创意人才开发目录。

*2. 努力培育领军人才*

努力在创意产业重点发展领域引进、培养和造就一批具有国内外影响力、善经营、懂管理的领军人才。

*3. 加快培养创意人才*

鼓励高等院校、职业培训院校、社会培训机构，主动对接创意产业相关人才需求，开展多层次、多类型的创意专业教育，有针对性地设立一些与创意产业相关的专业学科，支持院校与创意企业联合建设创意产业人才实训基地，大力培养创意产业的管理、设计、策划和制作人才。

（五）保护知识产权

创意产业的发展离不开知识产权的保护，对于创意产业来说，知识产权保护的重要性无论怎样强调都不为过。要进一步增强对保护知识产权重要性的认识，加大知识产权保护力度，严厉打击各种侵权盗版行为，为上海创意产业发展营造一个规范、健康、有序的法治环境。

1. 建立健全知识产权保护体系

完善创意产业相关的法律制度，形成针对创意产业的完备法律体系；要鼓励、发展知识产权评价机构，健全知识产权信用保证机制。

2. 加大知识产权保护力度

建立知识产权保护协调机制，定期召开联席会议，统筹协调全市创意产业知识产权管理与保护工作，严厉打击各种侵犯创意产业知识产权的行为。加强知识产权保护执法，组织和支持有关社会团体广泛参与，帮助企业进行维权和相关诉讼活动。

3. 保护和推广创意产业著名商标

积极鼓励和支持创意企业申报著名商标认定，定期编制和发布上海市创意产业著名商标名录，被认定为上海市著名商标的创意产业商标按有关规定受到或申请特殊保护。

## 参考文献

[1] 厉无畏等：《创意产业：转变经济发展方式的策动力》，上海社会科学院出版社2008年版。

[2] 贺寿昌：《创意从知识到资本——创意产业的上海思维》，上海文化出版社2007年版。

[3] 约翰·霍金斯：《创意经济——如何点石成金》，洪庆福、孙薇薇、刘茂玲译，上海三联书店2006年版。

［4］理查德·E. 凯夫斯：《创意产业经济学——艺术的商业之道》，孙绯等译，新华出版社 2004 年版。

［5］上海文化发展基金会办公室课题组编著：《C 产业：创意型经济的引擎——上海创意产业的业态观察》，上海三联书店 2006 年版。

［6］上海创意产业中心：《2008 上海创意产业发展报告》，2008 年。

［7］牛维麟主编：《国际文化创意产业园区发展研究报告》，中国人民大学出版社 2007 年版。

［8］于启武、蒋三庚主编：《北京 CBD 文化创意产业发展研究——北京市哲学社会科学 CBD 发展研究基地 2008 年度报告》，首都经济贸易大学出版社 2008 年版。

［9］李庆本、吴慧勇：《欧盟各国文化产业政策咨询报告》，大象出版社 2008 年版。

［10］上海市经济委员会：《上海市"十一五"创意产业发展规划》，2005 年。

［11］上海市经济委员会、上海市统计局：《上海创意产业发展重点指南》，2005 年。

## 论文写作说明

本文是我参加中共中央党校在职研究生学习的毕业论文，是党校三年学习成果的一次集中检验和展示。

我选择《上海创意产业发展研究》作为毕业论文题目有三个原因：

一是该课题具有研究的价值。创意产业是 20 世纪 90 年代由发达国家中心城市主导发展起来的、以文化和知识为核心的新兴产业。作为我国经济中心城市之一的上海，近年来创意产业风起潮涌、方兴未艾，已经成为上海经济社会发展的新亮点；国内的许多大城市，如北京、深圳、广州、重庆、西安、长沙等城市，也都把发展创意产业作为优化产业结构、提升产业能级、转变经济发展方式的重要途径和新的抓手。开展本课题的研究不仅对于上海创意产业的发展具有现实意义，而且对于我国其他城市的创意产业发展也具有一定的借鉴参考价值。

二是对上海的创意产业有一定的感性认识。我工作的卢湾区是上海最早发展创意产业的中心城区之一，区内的田子坊创意产业园区是上海建立最早、最具影响力、知名度最高的创意产业基地之一，被外界称为"上海的苏荷"。因为工作关系，近年来我曾多次单独或陪同来自全国各地的培训班学员前往田子坊、"8 号桥""卓维 700"、智造局、"海上海"等创意产业集聚区参观考察，听取有关情况介绍，在某种程度上可以说是见证了上海创意产业的发展历程。

三是该课题与所学专业能够有效对接，便于运用自己所学的一些专业理论知识来研究分析现实问题。确定了以《上海创意产业发展研究》作为毕业论文题目后，我便开始留心收集相关资料。虽然创意产业已成为当下使用频率很高的"热词"，但由于创意产业是一个内涵丰富、外延广阔的新概念，且作为一个新兴产业发展至今不过十年左右的时间，学术界对于创意产业的研究还处于起步阶段，相关的著作、文章、数据等不多。为撰写好论文，我曾先后赴中共上海市委党校图书馆、上海书城、上海三联书店、上海创意产业中心、上海社会科学院部门经济研究所、上海市经济委员会、卢湾区经济委员会等多方查找收集相关资料。

本文写作过程中，从论文题目的确定，写作提纲的推敲，到具体的谋篇布局，都得到了我的导师李继文教授的悉心指导，在此，谨向李继文教授致以崇高的敬意和衷心的感谢！我能够顺利完成毕业论文的写作，要感谢中央党校研究生院段若鹏教授、经济学教研部赵振华教授、张大军教授、张燕喜教授、胡希宁教授、李省龙教授、田应奎教授、潘云良教授、董艳玲教授、余金华教授、曹立教授、陈宇学教授、孙小兰教授、赵锦辉教授、贾华强教授、李蕾教授、李鹏教授、张玉杰教授、于永臻教授、陈启清教授、阎荣舟教授等，他们渊博的学识、精彩的课堂讲授辅导，为我的论文写作打下了扎实的专业理论基础；还要感谢班主任秦邦雍老师，感谢一同学习的上海人才班全体学员，师恩难忘、同窗情深，三年来结下的浓浓情谊将会是我人生道路上一笔最可宝贵的财富。在此，要特别感谢我的妻子温丽勤女士，感谢我的家人，是他们的鼓励、支持和宽容，让我能够顺利完成三年的在职研究生学习。

# 工作札记

工作是谋生的手段，也是修行的道场。这人世间千行百业，没有一个岗位是容易的，没有一项工作是不辛苦的。我四十年的工作经历中，从事过小学教育、干部教育，做过党建工作、干部工作、管理工作，也承担过以文辅政的研究室工作，岗位的变动较多，工作的地域、层级跨度也较大。这些岗位并不都是自己的主动选择，但到了那个岗位、做了那份工作，就应当担负起相应的责任来，就要认真琢磨、思考、研究那项工作，尽心尽力地把那份工打好，努力成为那个领域的行家里手。即使是最普通的工作，只要你用心走心，把它做到极致，做到一流，也可以让自己的人生出新出彩！

# 公道正派是组工干部的
# 立身之本\*

组织部门、组工干部树立公道正派的形象，集中体现了组织部门和组工干部的工作特点。公道正派的形象对于将组织部门建设成为"党员之家""干部之家""知识分子之家"至关重要。"家"是什么？"家"是遮风挡雨的住所，是身心停靠的港湾，是最温馨、最踏实的地方，是有什么委屈与苦水、有什么情况与问题都可以倾诉、反映的地方，"家里的人"是最可靠、最可信、最可亲的人。鲜明地提出树立公道正派的形象，充分展现了组织部门、组工干部的信心、勇气和决心。

对照"三个代表"重要思想的要求，目前在少数组工干部中还存在着好人主义、干部人事工作中跑风漏气、缺乏讲真话守原则的勇气、待人处事中盛气凌人等问题，甚至在一些地方

---

\* 本文写于 2003 年 10 月。

跑官、卖官的现象也时有发生。这次以公道正派为主要内容的集中学习活动，抓住了组织部门、组工干部中存在的突出问题，着眼于自我教育、着眼于建章立制、着眼于推动工作，具有很强的现实针对性。

组织部门要成为贯彻"三个代表"重要思想的表率部门，组工干部要成为践行"三个代表"重要思想的模范，最为集中地体现就在于能否公道正派地选人、选公道正派的人上面。公道正派是组织部门、组工干部的生命线。在这次集中学习教育活动中，中组部提出了"对己清正、对人公正、对内严格、对外平等"的要求，这里既有对组工干部个人的要求，也是站在全局的高度对组织部门的要求。从字面意义上，或者说从人民群众这个客体对组工干部的认知判断上，公道正派起码应包括"为人正派、处事公道"两方面的内容。为人正派就是为人刚正、讲正气；品德高尚，有人格魅力；作风朴实，有亲和力；不阳奉阴违、不两面三刀、不搞亲亲疏疏、不搞小圈子。处事公道就是熟悉业务，坚持原则；出以公心，注重公论；在选人、用人、管人等各项工作中对得起良心，对得起党性。为人正派是处事公道的前提和基础，一个私心杂念重的人是很难做到处事公道的，更不可能会公道地选人、选公道的人。

选贤任能历来不易。用人才就会有人才，用得正人，则人才辈出；误用恶人，则不善者竞进、歪风邪气盛行。组织部门是三个"家",组工干部是管干部的干部,管党员的党员,管人才的人才,选人、用人、管人的重要岗位和特殊责任,决定着人民群众对组织部门、组工干部必定高看一眼,对他们的工作、对他们的言行必定十分严格。因此,公道正派的形象既是对组织部门、组工干部最基本的要求、最核心的职业道德规范,也是一种品质、一种精神,更是一种境界。

公道正派要重视"自律"。一是要有高尚的品德,富有人格魅力。有刚正的气节,敢讲真话,有宽广的胸怀,唯才是举,立党为公,淡泊名利,甘当人梯,无私奉献,做到慎思、慎行、慎言、慎独。二是要虚心好学,树立正确的人生观、价值观。只有理论上的清醒,才能保证政治上的坚定和行动上的自觉。要与时俱进,向书本学习,向实践学习,向先贤圣哲学习,向英雄模范学习,不断提高自身的理论素养和学识水平。三是要精通组织工作业务,避免因不熟悉政策、不掌握情况,而影响公道正派。四是要有良好的心理调适能力。要做到公道正派并非易事,组工干部要守得住清苦,耐得住寂寞,抗得住诱惑,顶得住压力,自重、自省、自警、自励。

公道正派必须强调"他律"。一要严把"入口关",选公道正派的人做组工干部。俗话说:"江山易改,本性难移。"如果名利思想重的人成为组工干部,就难以保证他们能公道正派地选人、选公道正派的人。二要严格党内生活锻炼,完善组织人事工作规范,建立失察失误追究机制,使组工干部不敢不公道正派。三要有良好的部风,形成组织部门健康向上的文化氛围,在一个平和、正直、严谨、公正的工作氛围熏陶之下,使组工干部不能不公道正派。四要关心组工干部的成长,实实在在地解决他们工作、生活上的后顾之忧,使组工干部在工作中能心无旁骛,真正做到公道正派。

# 建设好班子　培育好干部[*]

根据学校的部署安排，受大讨论中领导和同志们的启发，结合自身的工作实践，对好班子、好干部的标准谈点感悟和看法。

## 一、好班子的标准

对于不同的层次、不同的行业部门，好班子的标准是有差异的，但作为一个层面上的领导核心，作为一个班子来说，必定有其共性的东西，我认为好班子应具备以下特点。

1. 上级组织信任，这是前提。要求班子政治上靠得住，与党中央保持高度一致。上级的决策、部署能够在本地区、本单位切实得到贯彻落实，并能够结合自身的实际创造性地开展工作，不断创造新经验，开拓新局面，是一个让上级组织放心、靠得住、有战斗力的班子。

---

[*] 本文写于2004年6月。

2. 人民群众拥护，这是基础。要求班子牢固树立执政为民、以人为本的工作理念，把对上负责与对下负责有机结合起来。关心人、理解人、尊重人，创设一个人尽其才、物尽其用、干事创业的良好环境；为民（职工）谋利、帮民解忧、与民同乐，体恤民情，关注民生，形成宽松、融洽、心齐、气顺的工作氛围，是一个深得群众信赖、群众基础好的班子。

3. 团队精诚合作，这是关键。要求班子成员相互信任，精诚团结。班子梯次搭配，气质相容，优势互补，班长心胸开阔，班子成员忠诚敬业；多交心通气，不打"肚皮官司"，多互谅互让，不争名争功，多支持配合，不搞亲亲疏疏。精诚团结的核心团队是单位之魂、事业之魂。

4. 事业蓬勃发展，这是落脚点。要求班子有强烈的事业心，崇高的使命感，牢固树立"无功便是过""不进就等于退"的思想观念，一任班子就要造福一方百姓，发展一方事业，这是检验班子好坏优劣最根本最重要的标准。在相同的条件下，一个地方、一个单位事业的盛衰在很大程度上取决于一班人的事业心、责任感和使命感。要有建一流业绩、创一等工作的追求，要有勤谋事、想干事的闯劲，更要有会干事、能干成事的本领。

## 二、好干部的标准

不同层级、不同行业干部的标准也是有差异的，比如基层干部与中高级领导干部、专业技术干部与行政管理干部，对于他们的具体要求和具体标准应该说会有较大差异，但作为干部标准共性的东西，可以用德和才两方面来衡量与评判：有德无才会误事，有才无德干坏事，无德无才干不成事，德才兼备是对好干部最全面、最客观、最科学的评判标准。

1. 要有高尚的品格。正直、真诚、正派，品德高尚，有人格魅力，有亲和力；为人光明磊落，不逢迎苟且，处事心胸坦荡，能主持公道；有良心、讲党性，勇于任事、敢于担责、忠诚靠谱。

2. 要有过硬的本领。有谋事之智，有干事之才，有成事之能；勤思善学业务精通，口笔两利能说会写；会办文办会，会干事办事，会组织协调。

3. 要有朴实的作风。工作勤奋踏实，有吃苦耐劳的精神；不急功近利，不心浮气躁，不揽功诿过；随和、朴实，好相处、谦虚、实在，好共事；百折不挠，愈挫愈奋，有强烈的责任心，务实的工作态度，严谨的工作作风，忠于职守，敬业乐群。

# 落实六好要求
# 永葆共产党员先进性[*]

区委党校保持共产党员先进性，要落实六个好的具体要求。

1. 思想上立得牢，党性修养好

坚持党的思想路线，牢固树立马克思主义辩证唯物主义和历史唯物主义的世界观，用邓小平理论和"三个代表"重要思想武装头脑，树立和落实科学发展观，有较高的政策水平和理论素养，为人正派，品德高尚，光明磊落不逢迎苟且，心胸坦荡能处事公道，在大是大非面前始终保持思想理论上的清醒和坚定。

2. 政治上靠得住，忠诚事业好

坚定共产主义的远大理想，坚定中国特色社会主义的信念，在政治上、思想上、行动上自觉与党中央保持一致，忠诚

---

[*] 本文写于 2005 年 3 月。

党的干部教育事业，有较强的政治敏锐性和政治鉴别力，坚持党校姓党，严守政治纪律。

3. 学习上做模范，业务能力好

坚持勤奋学习，做到先学一步，多学一点，学深一层，悟透一些，治学严谨，为人师表，有谋事之智，有成事之才，有干事之能，在各项工作中挑大梁、担重任、把关口、做示范，成为勤奋好学、业务精通的模范。

4. 工作上创一流，爱岗敬业好

坚持高标准、严要求，党校工作无小事，临深履薄，唯恐不及，忠于职守，敬业乐群，教学出精品、科研出成果、管理上水平，争创一流的工作业绩，在党校"三个阵地，一个熔炉"的建设中发挥先锋模范作用。

5. 作风上过得硬，热情服务好

坚持全心全意为人民服务的宗旨，牢记两个"务必"，吃苦在前，享受在后，淡泊名利，正派清廉，守得住心神，挡得住诱惑，管得住手脚，作风朴实，严谨细致，甘于奉献，热情服务。

6. 行动上做表率，保持本色好

坚持求真务实，以人为本，把学员的需要、呼声、要求作为改进工作的第一信号，不急功近利，不心浮气躁，不揽功诿过，在关键时刻、重要节点站得出来、顶得上去，始终保持蓬勃朝气、昂扬锐气、浩然正气，永葆共产党员的本色。

# 构建和谐社会的主力军*

"和谐"意为配合得适当而匀称。"和谐"本身即意味着事物不是整齐划一的,而是有差异的,但这种差异不是尖锐的对立、不是激烈的对抗,而是相互包容、相互补充、相互映照、相得益彰。和谐社会就好像一部宏大的交响乐,交响乐中有多个声部、多组旋律,但其中必有一个主旋律,不同的声部、不同的器乐围绕着这个主旋律共同演绎精彩华美的乐章。社会是多元的、多维度的,社会的各个阶层、各个不同的利益群体、纷繁复杂的利益关系要做到互谅互补、相生共荣,做到"和而不同",共同奏响和谐社会的华美乐章,其中也必须有一个"主旋律"、一个主心骨,只有这样,这个社会的和谐才有一个共同的基础和归属。

胡锦涛同志指出:"我们所要建设的社会主义和谐社会,应该是民主法治、公平正义、诚信友爱、充满活力、安定有

---

\* 本文于2005年5月9日以《构建和谐社会的主力军》为题发表在《解放日报》的《新论》专栏。

序、人与自然和谐相处的社会。"社会主义和谐社会是人们各尽所能、各得其所而又和谐相处的社会,是社会活力与效率勃发、公平与正义彰显的社会。中国共产党是中国工人阶级的先锋队,同时是中国人民和中华民族的先锋队,始终代表中国最广大人民群众的根本利益、全局利益和长远利益,党是中国特色社会主义事业的领导核心,是构建和谐社会的倡导者、组织者,也是构建和谐社会的领导者和主心骨。共产党员是党的肌体细胞和党的行为主体,党的先进性、党的核心作用、党在和谐社会中的主心骨作用,要通过千百万名共产党员在本职岗位和社会生活中的不懈努力与扎实有效的具体工作来体现。千百万名共产党员的高尚品德、先锋作用、奉献精神共同奏响社会主义和谐社会的主旋律,成为构建社会主义和谐社会的主力军。

共产党员要做发展的模范。发展是构建和谐社会的首要任务。共产党员要带头想发展、谋发展、促发展,以自己的模范行动来增强全社会的创造活力,使一切有利于社会进步的创造愿望得到尊重、创造活力得到支持、创造才能得到发挥、创造成果得到肯定。要牢固树立和落实科学发展观,保持经济、社会和人的全面发展活力,推动城乡、区域、经济社会、人与自然、国内与国外的协调联动发展。

共产党员要做公平正义的实践者。公平和正义是构建和谐社会的基础。共产党员要牢固树立群众观点,妥善协调各方面的利益关系，为人正派、处事公道、坚持原则、正气凛然，始终把人民群众的根本利益、全局利益、长远利益放在首位，时刻把群众的安危冷暖挂在心上，为群众诚心诚意办实事，尽心竭力解难事，坚持不懈做好事。

共产党员要做诚信友爱的引领者。诚实守信、人人友爱、家庭融洽、邻里团结、社区敦睦是构建和谐社会的重要内容。共产党员要做合作和宽容的模范，倡导诚信、宽容、谦让、奉献的社会公德，营造团结友爱、互助合作的社会氛围，以及出入相友、守望相助、和睦相处的人际关系。

共产党员要做先进文化的建设者。文化建设具有基础性、先导性意义，是构建和谐社会的题中应有之义。共产党员要以自己的风采和形象来凝聚群众、凝聚社会，要始终坚持马克思主义在我国意识形态领域的指导地位，大力弘扬以爱国主义为核心的伟大民族精神，不断提高人民群众的思想道德素质和科学文化素质，不断丰富人们的精神文化生活，不断激发全社会的创造活力。

# 板凳要自己坐热*

我是从外地到上海来工作、生活的"新上海人"。记得刚到上海工作时,人生地不熟,虽然在江西小县城里也算一名领导干部,事业小有成就,颇受人们尊敬。可来到上海,来到新的单位,既无高学历(连正规的大学都没有上过),也无硬靠山(在上海举目无亲),从大山沟到大上海来"捞世界",刚开始大家对我的态度比较冷淡。我到上海后在初始工作的大半年时间里,没有感受到在团队中应有的集体归属感、被认同感。

人们常说:"机会总是留给有准备的人。""是金子总会发光。"在坐了一段时间冷板凳后,偶然一次机会,因单位要上报一篇有分量的大文章到市里,可没有人愿意承担这一任务,这时有人想到了我这个新引进的"外地人"。于是,就有了由我执笔撰写的一篇上万字的文章,在最短的时间内递交给了市有关部门,获得充分肯定,并作为全市的 4 个交流单位之一在市里的

---

\* 本文写于 2005 年。

会议上进行了交流，为单位赢得了荣誉。自此，大家觉得我这个人还有点小本事，慢慢地各种工作、各项活动都会想到让我参加，同事们对我的态度也有了很大改观，而我在待人上一如既往地谦虚、诚恳，工作上一如既往地踏实、卖力，这越发赢得了大家的肯定和好评。我在卢湾区委党校工作了4年，年年被评为先进工作者，其中两次获记三等功、一次获区嘉奖。

对于个人的这段经历，由坐冷板凳到获得大家的一致肯定，由遭排斥到被广泛认可、真诚赞赏的变化过程，我感慨良多，对如何才能赢得认同也颇有些感触。

一是心胸要宽。作为单位的新成员，自己的到来，打破了单位原来的"生态平衡"，人们"警惕"的心态、审视的眼神是正常的。作为新来者，要坦然面对，允许这种短暂的不认同的存在，而不应感到"如芒在背"急欲除之，甚或产生一种对立情绪，那么，想要融入新单位新团队就难上加难了。

二是为人要诚。待人真诚谦和，处事公道正派，是做人之根本。特别是到一个新单位，要以诚待人，多干活少说话，多付出少争利，更不能卷入单位的小团体当中，要以诚实、诚信赢得大家的好感和认同。

三是工作要实。要赢得大家的认同，最重要的是要干出实实在在的成绩，板凳要自己坐热，地位靠自己作为。真才实学、真抓实干，用实实在在的工作业绩让人信服、赢得认同，这样的认同才是发自人们的内心，也才能持久。

# "卢湾精神"之我见*

新形势下的卢湾精神可以用"务实、创新、和谐、卓越"来表述。

务实：体现一种求真的精神。务实是成事立业之基，真抓实干、不尚空谈、实诚实在、求实扎实是我们的工作作风，也是卢湾人的突出特质和价值取向。

创新：体现一种求新的精神。创新是建设发展之源，勇于进取，敢闯、敢试、敢为天下先，既是卢湾优秀的文脉传统，也展示了当代卢湾人锐意进取、敢领风气之先的奋斗姿态和精神追求。

和谐：体现一种求和的精神。这是卢湾深厚的东西方文化融合积淀的延续，也是科学发展观的时代要求，蕴含着包容、开放、开明、融合之意，也反映了卢湾区"三个文明"协调发展、人伦和睦融洽、社会祥和安定的实际状况。

---

\* 2006年中共上海市卢湾区委组织开展新时期"卢湾精神"大讨论，本文是当时提交的个人建议。

卓越：体现一种求精的精神。追求卓越，是上海突出的城市品格，更是卢湾建设现代化精品城区的内在要求，这是一种自我加压"集聚一流人才、打造一流环境、创造一等工作"的鲜明的目标取向，更体现了卢湾人一种舍我其谁、奋发有为的精神状态。

# 弘扬党校精神　建设校园文化[*]

文化是个大概念。被称为"人类学之父"的英国人类学家E. B. 泰勒对文化所下的定义是经典性的，他说："文化或文明，就其广泛的民族学意义来讲，是一个复合整体，包括知识、信仰、艺术、道德、法律、习俗，以及作为一个社会成员的人所习得的一切能力和习惯。"

所谓校园文化，具体来说是指在校园环境中，以教师为主导，以学员为主体，以校园为主要活动空间，以教育教学活动和积极向上、健康有益的各项课外活动为主要内容，以校园精神为主要特征的一种群体文化。

校园精神是校园文化的核心，是统领校园文化建设的灵魂。党校是培训党的领导干部和马克思主义理论干部的学府，是学习、研究、宣传马列主义、毛泽东思想、邓小平理论和"三个代表"重要思想的重要阵地和党性锻炼的熔炉。武装人、

---

[*] 本文写于2007年4月。

引导人、塑造人、鼓舞人，亦即培育人，是党校校园文化的基本功能，信党、教党、学党，永远跟党走，是党校校园文化建设的基本要求。面对新的形势和任务，党校精神集中表现为：忠诚求实，敬业乐群，开拓创新，和谐卓越。

忠诚是党校精神之魂。党校姓党，教员教党，学员学党，忠诚于党的干部教育事业、忠诚于干部教育培训岗位是党校人坚定的信念。求实是党校精神之基。追求真理，求真务实，不唯上，不唯书，只唯实，是党校人的突出特质。1943年，毛泽东同志兼任中共中央党校校长时亲笔为党校题写了"实事求是"的校训，这是党校人共同遵守的最为基本的准则和规范，是党校力量和生命的源泉。

敬业是一种高尚的品德，是一种崇高的境界。敬业就是对于自己的工作要有诚恳敬重之心，不可以马马虎虎混日子，对于自己的职业要有一种敬畏的态度，将自己的职业视为自己的生命信仰，即对所从事的干部教育事业具有强烈的责任心和使命感。乐群体现了党校人包容共济、关怀合作的团队精神。一本正经、一脸严肃，不是党校人的代名词，与人为善、精诚团结、心怀天下、与时俱进是党校人应有的胸襟情怀。

开拓创新是一种自我加压、奋发有为的精神状态，是党校事业蓬勃发展之源。勇于进取、敢闯敢试，既是中华民族的优秀传统，也是党校人锐意进取、敢领风气之先的精神追求。要不断丰富培训内容，改进培训方式，提高培训质量。党校应是党的理论创新的重要阵地。

社会和谐是中国特色社会主义的本质属性。和谐同样是党校精神的内在要求。和谐有包容、开放、开明、融合之意，党校更应展现出风清气正、融洽有序、生动活泼的精神风貌。

追求卓越，是一种工作的目标取向，体现了党校人"建一流队伍，创一等工作，努力建设一流的中心城区党校"的目标追求。

# 加强机关作风与效能
# 建设的若干思考*

人们常说:"上行下效""基层看机关""群众看干部"。公务员是党的路线、方针、政策和国家法律法规的具体执行者。机关公务员的办事效率、工作作风直接体现党的执政宗旨,直接关系党的执政水平和执政能力,直接影响党和政府在人民群众心目中的形象。切实加强机关公务员的作风效能建设,是建设服务政府、责任政府的现实需要,是构建和谐社会、推动科学发展的客观要求。

总体来讲,机关公务员的总体素质是高的,战斗力是强的,这是大局,是主流。但是同时必须清醒地看到,在机关公务员作风效能建设方面还存在着诸多不容忽视的突出问题,主要表现为:学习风气不浓,不思进取,得过且过;法治意识不强,粗暴蛮干,急功近利;办事效率不高,作风漂浮,敷衍塞

---

\* 本文被收录在 2010 年 6 月中共卢湾区委组织部、卢湾区人力资源和社会保障局、卢湾区公务员局汇编的《卢湾区公务员能力建设文选(二)》。

责；自律意识不强，纪律松弛，形象欠佳；等等。这些问题虽然只是表现在少数公务员身上，但影响很大，群众很有意见，与全心全意为人民服务的宗旨格格不入，与为民、务实、清廉的公务员精神的核心内涵严重不符，必须下大决心、下大力气坚决纠正。

当前，要着力从加强宣传教育、完善规章制度、领导率先垂范、强化执纪监督等多个方面入手，切实加强机关公务员作风与效能建设。

第一，宣传教育是基础。公务员的作风与效能问题存在于机关的实际工作中，表现在部分公务员的精神状态上，但根子在思想上。加强作风与效能建设必须首先抓好宣传教育，打牢思想道德基础。要深化学习型机关建设，不断加强公务员思想道德教育，强化群众观念和公仆意识，树立正确的人生观、权力观和政绩观，恪守清正廉洁、勤奋敬业、诚信热情的职业品德；要加强公务员行为规范教育，可以做什么？不可以做什么？应该怎样做？要让每个机关公务员充分知晓，知道边界在什么地方，逾越边界会有什么后果；要以群众最关注的部门和岗位作为重点，从老百姓最不满意的地方改起，抓住重点，树立榜样，大力弘扬新风正气，坚决抵制歪风邪气。

第二，规章制度是根本。如果说宣传教育是晓之以理、动之以情，是一种软约束，那么规章制度就是约之以典章、规之以法纪，是一种硬约束。规章制度更带有根本性、长期性和稳定性。从当前公务员作风与效能建设中存在的问题看，比如近段时间见诸报端的一些地方机关公务员在工作时间炒股、炒基金、玩"种菜""偷菜"游戏、钓鱼执法等，这些公务员并非理论上不清楚，道理上不明白，而是我们的规章制度存在缺陷或落实无保障、管理没跟上的结果。目前，有关机关公务员管理的政策、法律等，已日臻完善，如公务员的录用、教育培训、考核、问责制等，关键是要执行好、落实好，使这些规章制度在公务员作风效能建设中充分发挥作用。同时，还要针对规章制度上存在的缺陷和漏洞，不断加以改进和完善。比如，通过技术屏蔽、办公软件管制等防范措施，来杜绝上班炒股、玩游戏等现象。只有规章制度健全了、完善了，作风漂浮、效率低下的现象才会从根本上失去其存在的土壤，务实高效的风气才会日渐养成。

第三，领导带头是关键。带好队伍是各级领导的一项重要职责。在一些机关单位，公务员纪律松弛、办事拖沓等现象之所以长期存在，跟所在单位领导干部自身的能力素质和工作作风有很大的关系。"打铁先得自身硬"，各级领导干部要自觉加强作风建设，增强效能意识，率先垂范、以身作则，要有"跟我上"的实力和锐气，要有"向我看齐"的魄力和底气；要增强抓班子、带队伍的自觉性和主动性，高度重视公务员的作风效能建设，健全领导责任制，列入重要工作日程，常问常查，敢抓敢管，营造领导抓作风重效能、领导促作风增效能的良好氛围。

第四，执纪监督是保证。"阳光是最好的防腐剂"。要大力推行政务公开以及一些地方开展的办事承诺制、行风热线、万人评议等接受群众监督的好形式，进一步扩大监督的视野和范围，切实做到公务活动拓展到哪里、监督就跟进到哪里。要严格执纪，令行禁止。"有法不依比无法可依更恶劣"，不能因为执纪对象是同事、熟人，就睁一只眼闭一只眼，就随意变通，使规章制度成为挂在嘴上的空话、贴在墙上的白纸。刹歪风要用重典，治庸懒要用重锤，只有这样，正气才能树得起来，庸、懒、散才没有生存的土壤。

各级公务员要进一步增强责任意识、公仆意识，忠诚敬业，乐于奉献，尽心尽职，恪尽职守，以敬业乐业为荣，以敷衍塞职为耻，争做爱岗敬业的模范，争做为民、务实、清廉的模范。

# 强化熔炉意识 提高党校党性教育科学化水平[*]

党性是一个政党固有的本质属性,是阶级性最高和最集中的表现,是政党的性质在党员身上的具体体现。党性教育是用党的性质、纲领、宗旨、作风、纪律等对党员行为进行规范的过程。党校作为干部加强党性锻炼的熔炉,其性质和职能定位决定了加强党性锻炼,提高党性修养,是党校教育之魂,是党校教育培训的必修课,是党校姓党原则的集中体现。近年来,中共卢湾区委党校按照中央、市委和区委的要求,强化熔炉意识,注重发挥党校的党性锻炼熔炉作用,通过加强理论武装,服务发展大局,规范教育流程,创新教育形式,着力增强党性教育的思想性、实践性、渗透性和实效性,切实提高党性教育科学化水平。

---

[*] 本文被收录在中共上海市委党校党史党建教研部、中共上海市委党校学员工作处组编的《党性教育科学化研究》一书中,上海三联书店2010年版。

## 一、扭住龙头，把握党性教育的思想性

习近平同志在全国党校工作会议上指出，各级党校要紧紧扭住理论教育这个龙头，以理论教育引领和带动党性教育和知识教育。加强党性教育，首先就要通过强化理论教育，贯彻增强党性的要求，发挥增强党性的作用。理论课程正是党校教育的主体内容和优势所在，也是解决党性教育深层次问题的有效途径，要通过有针对性的理论学习，澄清模糊认识，回答、说明和解决有关共产党员党性的思想和实际问题。

党性教育和党性锻炼是建立在科学理论基础上的理性自觉活动。实践证明，理论上阐述得越清楚彻底，党性教育就越有效。只有理论上的清醒，才会有政治上的坚定和行动上的自觉，才能有的放矢地解决带有普遍性的认识问题，才能增强学员学习实践党的基本理论的自觉性与坚定性。为此，在教学指导思想的确立上，我们高度重视发挥理论教育的引领作用，强调理论教育要为党性教育服务。注重通过理论教学，更好地使学员牢固树立马克思主义的世界观、人生观、价值观。注重增强理论教学的思想性、针对性，善于围绕现实热点、难点和疑点问题做出理论上的回应，努力从理论上解决学员深层次的思想认识问题，并切实帮助学员提高运用马克思主义的立场、观点和方法分析解决各种实际问题、促进科学发展的能力。在课程内容设置上，坚持马克思主义基本理论在党性教育中的主课

地位不动摇，以坚定理想信念、增强宗旨观念和改进作风为重点，把马克思主义基本原理，特别是马克思主义中国化的最新理论成果的学习，作为理论教学的中心内容，注重学经典、读原著，注重与时俱进地丰富党性教育的内容。近年来，我们先后开设了中国特色社会主义理论体系、党性修养的时代要求和实践方法、《路德维希·费尔巴哈和德国古典哲学的终结》原著导读、《列宁最后的书信和文章》原著导读、《中国共产党章程（修正案）》辅导等专题课。在教学师资选聘上，不搞学术至上，重视对教师思想政治素质的考察，注重选聘那些理论功底扎实，学识、党性、品格三者俱佳的同志担任党校理论教育课的教师，请党性强的同志来讲党性，请作风好的同志来谈作风，增强教学的说服力和感染力。在教学方式的改进上，强调思想灌输的同时，弘扬理论联系实际的良好学风，大力推进案例教学、体验式教学、研究型教学，加强师生互动，围绕干部群众关心的重大理论和实际问题进行教学与研讨，坚持用科学的理论明辨是非、释疑解惑、指导实践。

## 二、紧贴中心，突出党性教育的实践性

增强党性，不仅是一个思想问题、理论问题，而且是一个实践问题。加强党性锻炼，提高党性修养，最根本的就是要牢固树立正确的世界观、人生观、价值观，在改造客观世界的实践中改造主观世界，着力解决好权力观、政绩观、利益观问

题，特别是要解决好坚持立党为公、执政为民的问题。为此，我们把增强党员干部的党性修养与新形势新任务新要求以及经济社会发展中热点难点问题的解决结合起来，围绕中心，服务大局，做到"三个紧密结合"，着力增强党性教育的实践性。

（一）与解决卢湾经济社会发展中的热点难点问题紧密结合

寓党性教育于提高党员领导干部执政能力的全过程，引导学员紧紧围绕卢湾中心工作和发展大局，以科学的理论为指导，深入开展调查研究，破解发展瓶颈，边学习、边思考，边谋划、边改进，在提高学员领导经济社会发展的实际本领中增强党性修养，在推动相关工作开展的实践中检验提升自己的思想境界。近年来，我们围绕本区域改革发展稳定中的热点、难点、焦点问题，先后以"构建社会动员机制，提升卢湾迎世博工作水平""抢抓世博机遇，提升中心城区现代服务业能级""抢抓世博机遇，提升淮海路时尚地标能级""化解卢湾动拆迁矛盾的对策研究""开发区域软资源，打好卢湾文化牌"等为主题举办研讨会、学员论坛、调研成果发布会，注重对区域重大现实问题的理性思考和对策研究，在提高学员综合能力的同时，特别注重在这个过程中引导学员坚持科学发展的思想，树立以人为本的理念，培养求实精神、辩证方法和群众观点。

（二）与各班次学员的特点紧密结合

我们十分注意发挥学员参与党性锻炼的积极性，激发学员党性思考的能动性，增强学员提高党性修养的自觉性。根据培训对象的不同特点，对不同层次干部分别提出不同要求，有针对性地开展教育。比如，处级领导干部轮训班的学员，一般政治上比较成熟，工作经验比较丰富，但也存在需要继续强化其公仆意识和自律意识的问题，对他们党性教育的侧重点要放在增强拒腐防变能力和自律意识方面；中青年后备干部培训班的学员，具有年纪轻、学历高、业务能力强等特点，但需要进一步密切与人民群众的联系，强化在艰苦环境中的锻炼，对他们党性教育的侧重点要放在理想信念教育和为人民服务的宗旨教育，帮助树立正确的世界观、人生观、价值观，增进执政为民的感情；青年公务员班的学员，具有学历高、生活阅历较少、工作经验不足、缺乏艰苦生活和重大事件的考验等特点，对他们党性教育的侧重点要放在党的宗旨观念和艰苦奋斗的作风教育上。

（三）与现场体验感悟紧密结合

我们积极拓展实践教学，把改革发展的现场作为干部党性教育的课堂，把革命的遗址遗迹作为干部党性教育的基地，积极挖掘党性教育资源，建立了三大类现场教育基地：第一类是以本区域的中共一大纪念馆、团中央旧址纪念馆以及延安、西柏坡等革命圣地作为干部革命传统教育基地；第二类是以本区域的"8号桥"创意产业园区、五里桥社区党建、淮海路商业街以及天津滨海新区、大连软件产业园区等作为干部改革开放教育基地；第三类是以提篮桥监狱、区法院旁听庭审等作为干部警示教育基地。让学员亲临现场去体验、去感悟、去接受教育，切实增强党性教育的吸引力、感染力和震撼力。

### 三、贯穿始终，体现党性教育的渗透性

党性教育作为党员领导干部教育的重要内容，它既遵循一般的教育规律，又有其自身特点。首先，党性教育的内容具有严肃的政治性和强烈的使命感；其次，党性教育的目的是坚定党员领导干部的理想信念和宗旨观念，提升党员领导干部的道德品行和精神境界；再次，党性教育的重要任务在于教育党员领导干部用马克思主义中国化最新成果武装头脑、指导实践、推动工作；最后，党性教育的途径，一靠自我的学习和实践修炼，二靠组织的教育和锻炼等外在约束力来推动。党性教育自身的这些特点，决定着党校要有强烈的熔炉意识，把党性锻炼的要求渗透在党校的教学、管理、服务、环境等各个方面，润物无声，潜移默化，将党性教育贯穿于党校教学全过程。

（一）严格入学教育

入学教育是领导干部接受党性教育的第一课，也是形成共识、凝聚合力的第一课。每期主体班开班，我们都要进行严格的入学教育，主要内容为开学典礼听取区委领导的开班动员报告并组织专题学习讨论，开展校纪校规的学习，让学员一入校就清楚学习期间的主要目标、任务和纪律要求。在入学教育

中，我们明确要求，不论什么级别的学员，都要以普通学员的身份严格遵守党校的学习、生活和党风廉政等各项规章制度。考虑到学员来自不同单位、不同岗位，我们结合教学安排和学员实际，通过组建班级党支部和班委会，开展丰富多彩的集体活动，让学员尽快相互了解、熟悉党校，破除学员之间、学员与党校之间的情感屏障。通过入学教育，使学员尽快实现角色转变，增强党员意识、党校学员意识、党性修养意识，进一步明确新的历史条件下党性锻炼、党性修养的必要性、重要性和紧迫性，从而增强开展党性锻炼和修养的自觉性与坚定性，为整个学习期间乃至今后的党性锻炼夯实基础。

（二）规范教育流程

在主体班教学计划中，我们始终将党性教育贯穿始终，与理论教育、知识教育同计划、同部署、同安排；制定专门的党性教育实施方案，提出党性教育的基本要求、主题和重点，明确党性教育的具体安排和步骤；成立党性教育项目组，专门研究和开发党性教育项目，派项目组成员赴革命圣地和兄弟党校学习相关党性教育经验，到区纪委、区委组织部及不同班次学员中召开座谈会，认真听取各方面对党校党性教育的意见和建议。为使党性教育的目标要求落到实处，我们重点规范了以下五个环节：

一是党性教育动员。我们一改以往培训班学员要写党性分析材料时才对学员的党性分析作动员提要求的做法，在区委领导开班动员后的第一课，即由常务副校长为主体班学员作党性教育动员报告，系统阐述党校党性教育的重要意义，明确党性教育的主题、重点和实施步骤以及各类活动的安排，让学员一入学就意识到党校党性锻炼的熔炉氛围，增强党性锻炼的自觉性和主动性。

二是理论学习。在这个环节，我们一手抓党的创新理论的学习，一手抓马克思主义经典著作的学习，坚持"两手抓"两手都硬。通过组织学员对基本理论原原本本、原汁原味特别是对原著的学习，提高理论素养，重点解决掌握马克思主义的基本立场、观点和方法，使学员始终保持理论上的清醒和坚定。通过组织学员对党的理论创新成果特别是党的十七大以来科学发展观等重大战略思想的学习，使学员坚定信念和信心。

三是实践调研。每期主体班一般安排区内的调研和区外的考察活动，对当前重大现实问题开展课题研讨，通过提高实践能力，重点提升运用科学理论分析和解决现实问题的能力，力图帮助学员践行理论联系实际、密切联系群众、批评和自我批评的良好作风。

四是党性分析。要求学员的党性分析材料要把握好"一个原则"（即对党忠诚、实事求是的原则）、"两个高"（即党性分析的理论起点要高、党性分析的参照标准要高）、"三个联系"（即联系自身的真实思想、联系自身的岗位实际、联系自身的主要问题）、"四个注重"（即注重反思自己、注重查摆问题、注重剖析主观原因、注重提出整改措施）的总体要求，做到感情真挚（向党敞开心扉说心里话），内容真实（以积极的心态进行深刻的反思和总结），整改真心（发自内心地制定改进措施）。

五是考核和小结。学员要做好自我总结，对自己在党校学习培训的情况及收获进行客观的梳理总结；小组、班委和党支部对每位学员出勤、守纪、参加活动、理论考试、调研考察、党性分析等培训学习期间的表现情况进行评议，作出实事求是的评价，将考核鉴定的结果填入学员学习档案，按程序报送组织部门，作为学员任用的重要依据。近年来，我们在每期主体班结束学员返回岗位工作一段时间后，组织学员返校活动，一方面检验反思党校教育培训工作的实际效果，以进一步增强培训工作的针对性；另一方面检查考核学员增强党性修养的实际效果，提醒、督促学员将党性分析整改工作落到实处，取得了很好的效果。

（三）强化学员管理

我们把对学员的严格教育、严格管理、严格要求与加强学风建设、提供优质服务很好地结合起来，通过教育来提高学员的认识，通过管理来规范学员的言行，努力在学员中形成自觉加强党性锻炼、提高党性修养的氛围和意识。

一是把党性教育的要求渗透在严格管理与优质服务之中。党校管理的显著特点就是要注重党性教育的渗透性，把党性教育落实在管理的各个环节中。到党校来学习的学员一般都有一定的领导职务，党校对学员的考核也没有硬指标，因此，管理起来有一定的难度，但是放任不管就会影响党性教育的效果和质量。对此，一方面，我们要求从事学员管理的同志把帮助学员树立良好学风作为工作的重中之重，克服工作对象是领导干部，"不便管""不好管""管不了""管不好"的模糊认识，采取硬措施，花大气力，大胆管理，严格要求。另一方面，要善于管理。班主任（一般由党校老师担任）和班长（一般由学员中党龄较长、职务较高的党员干部担任）首先要在党性修养方面以身作则，以自身的先锋模范作用影响其他学员，使学员乐于接受，自觉服从管理；同时要以优质服务体现管理绩效，重点要在服务上下功夫、做文章。树立"以学员为本"的理念，实施"精细化"的服务，为学员创造良好的学习环境，使他们能安下心来，集中精力学习，自觉进行自我约束、自我教育、自我管理、自我完善，达到严格管理的目的。

二是把党性教育的要求渗透在校规校纪与学风建设之中。校规校纪是全体学员必须遵守的行为准则，而学风建设是学员在党校期间接受党性教育的重要途径。为此，我们重点加强了五方面的制度建设：（1）课堂纪律。要求学员不能迟到或早退，上课时间要关闭手机等。（2）请销假制度。规定学员有事必须请假，填写"学员请假报告单"，并提请组织部联络员、校领导批准。凡请假3天及以上，则该学员要重新"回炉"参加下期培训等。（3）考勤制度。对学员到党校学习的各项活动进行考勤，将每期学员的考勤表张贴在教室中，由学员自己打考勤，学员互相监督，并将学员考勤情况存入学员培训档案，培养学员的诚信意识，提高学员的党性修养素质。(4) 廉洁自律制度。学员在校期间要认真做到不用公款宴请、送礼等。(5) 思想汇报交流制度。要求每位学员都要亮思想、谈体会、交流学习心得，并在规定时间内写出学习总结交党校存档。通过这些制度的落实，培养学员认真学习、民主讨论、积极探索、求真务实的好学风。

三是把党性教育的要求渗透在组织生活与课余活动之中。增强学员的党性修养，抓好学员在校期间的党组织生活是十分重要的环节。与在工作单位的组织生活不同，党校的组织生活更强调结合自己的思想实际，开展党性分析，在党校学习期间，学员们摆脱了烦琐的具体工作，淡化了在工作单位中的"领导身份"，大家都以一名党员的身份，查找自身的不足，深刻剖析存在问题的原因，进一步明确努力方向，党校的组织生活往往能起到事半功倍的作用。当然，还应注意把党性教育的严肃性和灵活性统一起来，在课余活动的安排中，既要渗透党性教育的内容，又要做到寓教于乐，调动大家参与的积极性，充分体现党性教育的多样性和渗透性。

## 四、探索创新，增强党性教育的实效性

党员领导干部的党性修养不是与生俱来的，不是入党以后就自然具备的，不会因党龄的增长而必然增强，其道德修养、

思想境界也未必随着职务的升迁而自然提升。同样，对党员领导干部的党性教育也不可能是一劳永逸的，而是需要通过长期的实践锻炼、学习教育来实现，需要"活到老、学到老、改造到老"。在党校以往的党性教育中我们曾经采取过许多很好的教育形式，如革命传统教育、警示教育、反腐倡廉报告、先进典型报告、党性分析等，实践表明，这些教育形式效果是好的，是卓有成效的，必须坚持和发扬。与此同时，随着形势和任务的发展变化，随着人们思想活动的独立性、选择性、多变性、差异性日益增强，党校更要充分发挥促进领导干部加强党性锻炼的熔炉作用，积极探索，与时俱进地丰富党性教育的内容、创新党性教育的形式、增强党性教育的针对性和实效性。近年来，我们主要在以下三个方面进行了一些探索创新，取得了很好的教育效果。

（一）组织开展党性教育谈心会

学员在接受党性教育过程中，需要的是理性思考、顺势引导。近年来，我们在每期主体班培训期间，都邀请区委主要领导或区委组织部部长与学员进行一次党性教育集体谈心活动，如在与处级班学员们的集体谈心交流中，畅谈自己对党性锻炼的感悟，对学员如何加强党性修养提出殷切的期望，要求党员干部干好"六件事"：第一，胸怀大局想干事；第二，改革创新敢干事；第三，精益求精干成事；第四，统筹兼顾善干事；第五，造福人民干好事；第六，廉洁自律不出事。区委领导对集体谈心会的高度重视，既与卢湾当前的中心工作结合，又有利于拉近彼此的距离。大家敞开心扉，虚实结合，重在务虚，相互之间亮思想、谈观点、话委屈、说感悟、找根源、明方向，达到了统一思想、坚定信念、鼓舞干劲、提升境界的预期效果。

（二）在党性分析环节引入老干部点评

学员进行党性分析是开展党性教育的重要环节。离退休干部是我们党的宝贵财富，也是党校开展党性教育的宝贵资源。近年来，我们在主体班学员中开展党性分析活动，邀请离退休干部参与学员党性分析材料的审读和党性分析交流的点评，极大提高了党性分析的质量。离退休干部经过长期革命斗争和实际工作的考验，在党性锻炼上久经磨砺，有的离退休干部还是党校学员的老领导、老上级，由他们来参与学员的党性分析并提出中肯的意见，具有权威性和说服力。为此，我们特别聘请了一批具有党建工作经验、身体尚健的离退休干部参加学员的党性分析活动，审读学员党性分析材料，现场点评学员发言。老同志在听取学员的个人剖析后，结合自己的革命和工作经历向大家讲述对理想信念、宗旨意识和党的作风的认识与看法，对学员进行现场点评，一针见血地指出不足，语重心长地提出勉励，许多点评发自肺腑，触及学员的思想深处。老同志对学员既严格要求，又满怀热情，使学员受到很大的教益。

### （三）明确教育主题，突出教育重点

领导干部加强党性修养是一个伴随终身不懈努力的过程，讲党性不是一阵子的事，而是一辈子的事。集中一段时间到党校进行系统学习和锤炼是进行党性教育的一种重要形式，党员领导干部党性方面存在的问题要在党校集中培训时全部得到解决不太现实。为此，党校的党性教育务必明确主题，突出重点。我们根据区各阶段的中心任务和干部队伍中存在的突出问题，精心设计每期主体班的党性教育主题，比如"在党的阳光下成长""讲党性、重品行、作表率""坚持科学发展，树立正确的事业观、工作观、政绩观""理想、忠诚、事业"等，党性教育的各项活动安排都紧扣主题，促使学员在党性主题教育过程中学习更深入一点，思考更深刻一点，剖析更透彻一点，触动更多一点，收获更大一点，确保党校集中培训阶段的党性教育取得实实在在的效果。

# 不要成为自己年轻时
# 所痛恨的人*

我一直觉得,读书是件比较私人的事情。通过读书跟圣哲先贤对话,跟智者达人交流,书中的思想、观点、对白、情节等,若正是那心中有笔下无的东西,总是会让人击节称叹或会心一笑,如见故人,如遇知己,也有可能一本书看完了,你感觉索然无味,一无所得。同一本书,不同的人会读出不同的感受,即使是同一个人,在不同的年龄阶段、不同的心境之下,得到的感悟也是不一样的。读书,其实就是读自己。

根据学校的统一部署,要提交一篇读书心得,这样一种完全私人的零碎的或许就是那一瞬间的所感、所思、所悟、所得,要整理成一篇像模像样的心得体会文章,这实在是有点勉为其难。前段时间,参加学员党性分析小组交流会,一边听着学员们认真地查找各自存在的突出问题,深刻剖析原因,提出

---

\* 本文刊载于 2016 年 3 月 31 日中共上海市委党校(上海行政学院)门户网站《文汇艺林》栏目。

整改努力的方向，自己头脑之中突然闪现出题目中的这句话"不要成为自己年轻时所痛恨的人"。这句话并不是我说的，而是某一天在网上无意间看到的，是一位大学校长在毕业典礼上对即将走向社会的年轻学子们提出的殷切期望。至于这位校长在演讲中对毕业生们提出了哪些具体的期望和教诲，我已经记不清了，但毫无疑问这句话深深地触动了我，并牢牢地印在了我的脑海中，才会在学员党性分析小组交流会那样的场景中再次闪现出来。看着并不年轻了的处级班学员，也想到并不年轻了的自己，仔细想想，静下心来想想，现在的自己，是不是自己年轻时所期望的自己，有没有走着走着走向了自己年轻时所期望的反面。

我们每个人都年轻过，或者说都曾经年轻过，当我们匆匆告别校园师长初入职场的时候，当我们辞别父母故乡第一次外出开始在社会上讨生活的时候，那个时候年轻啊，青春年少，自信满满，希望可以开创一片新天地，干一番大事业。年轻的时候，刚刚走向社会的时候，我们最看不起或者说最痛恨什么样的人呢？最为痛恨的大概是这么几种人：

一是势利的人。这种人趋炎附势，溜须拍马，嫌贫爱富，瞧不起底层的人、低职位的人、穷人、新进的年轻人，为了点小小的利益、职称、职位，逢迎上司，欺压部属，拉帮结派，只要有那么一丁点儿权力就要用到极致，极尽各种刁难扯皮之能事，一"官"脸就变，一"阔"脸就变。

二是圆滑的人。这种人凡事不讲原则讲关系，遇事不问是非看来头，缺德少品，八面玲珑，当面一套，背后一套，处事不公，争功诿过，没有原则，不守底线，圆滑有余，正气不足。

三是庸俗的人。这种人整日无所作为，不求上进，不思进取，在俗事、俗务中随波逐流，浑浑噩噩，尸位素餐，庸俗、世俗、低俗、媚俗，思想主见没了、理想追求没了、激情斗志没了，精神境界庸俗化了。

随着年龄的增长，阅历的增加，特别是工作上、生活中吃的苦头、撞的南墙增多，我们身上的棱角逐渐被打磨得光滑圆润了，也慢慢地"成熟"了，是不是也一点一点地向势利、圆滑、庸俗妥协着、靠拢着，有些人甚至还有点如鱼得水的感觉了。这个过程是不是有些不可思议，有些可怕吧。人们走着走着，不少人竟然走向了自己的反面，成为自己早年最瞧不起的人、最为痛恨的人。这个过程、这种现象值得警惕啊！值得我们每一个正在走向成长成熟的人深思和警惕。人还是要有点精神的！一个人除了追求饱食暖衣、体面生活，还应有精神的家园，应保持自由的思想、独立的人格、高贵的灵魂，这是我们在这个物欲横流、追名逐利的社会上卓然前行的思想武器。

一是要恪守天理良知的道德底线。无论是草根百姓，还是身居高位，都不能为了一己一家之私利昧着良心干事，伤天害理，损公肥私，损人利己，甚至不利己也要去损人；不能为了一时一事之私利让道德良知蒙上了灰尘，让不合理、不公正、不公平在你所能影响的范围内大行其道、通行无阻。要坚持公平正义，心存敬畏之心，坚守良知底线。一个人无论多么聪明、多么智慧，只要越过了道德良知的底线，就永远无法逃脱自己良心的追捕。

二是要有干事立业的看家本领。我们学到的知识、练就的技艺、掌握的本领，就是自己的武器。一个人可以白手起家，但不可手无寸铁。无论从事什么工作，身处什么岗位，都要勤学善学，敬业实干，练就谋生立业的看家本领，努力成为相关领域业务精通的行家里手。自己没有"两把刷子"，安身自处尚且不易，更别谈什么去正人济世了。

三是要有舍我其谁的责任担当。季羡林先生在谈到人生的意义和价值时，他说："如果人生真有什么意义和价值的话，其意义与价值就在于对人类发展的承上启下、承前启后的责任感。"无论是为人子女，还是为人父母，都要感恩、惜福、尽责；无论从事什么岗位的工作，担任什么层次的职务，都应在其位、谋其政，忠其事、尽其责，认认真真地"打好这份工"；无论是在舞台的中央绽放，还是在舞台的幕后耕耘，是主角、是配角，或者就是默默无闻的群众演员，都应竭尽全力地把自己的角色扮演好。每个人都跑好自己那一棒，都担当起自己应负的那份责任，群策群力，砥砺前行，才能不辜负这个时代，不辜负人生的精彩。

四是要有家国天下的风骨情怀。为人不能没有风骨和脊梁，不该伸的手不能伸，不应得的利不要得，要守住底线、不越红线、不踩高压线，补钙壮骨，强根固本，堂堂正正地立身处世。一个人也不能只是追求自己的名利得失，还应关心身边的这群人、这个民族、这个社会的前途命运，以天下为己任，既要脚踏实地，也要仰望星空，要有忧患意识、宽厚爱心、悲悯情怀。

# 做一个讲政治、
# 有信念的党校人*

党校是我们党教育培训党员领导干部的主渠道,党校事业是党的事业的重要组成部分。党校因党而立,党校姓党是党校工作的根本原则,也是做好党校工作的根本遵循。

党校姓党,就是要坚持一切教学活动、一切科研活动、一切办学活动都要坚持党性原则、遵循党的政治路线,坚持以党的旗帜为旗帜、以党的意志为意志、以党的使命为使命,严守党的政治纪律和政治规矩,坚持在党爱党、在党言党、在党忧党、在党为党,归根到底一句话,就是要在思想上、政治上、行动上自觉同党中央保持高度一致。

要高扬党的理想信念旗帜。"对马克思主义的信仰,对社会主义和共产主义的信念,是共产党人的政治灵魂,是共产党人经受住任何考验的精神支柱。"

---

\* 本文写于2016年在全体党员中开展"学党章党规、学系列讲话,做合格党员"学习教育活动期间。

要增强看齐意识。把领导干部集中到党校来学习培训,一个重要目的就是帮助大家向党中央看齐。党校是教育培训干部的地方,所以,党校的同志在这方面要做得更好。

要自觉维护党校的形象和声誉。党校是学校,但不是普通学校,而是教育培训执政骨干的学校,政治上必须有更高的要求,纪律上必须有更严的约束。在党校讲台、公开场合对重大政治和理论问题发表观点和看法,应该自觉维护党的威信、自觉维护党校形象。

要自觉加强党性修养。要时刻牢记自己干部教育培训工作者的身份,带着对党和人民事业的忠诚,带着崇高的光荣感和强烈的使命感去传道授业,做到"吾道一以贯之"。正人,先正己,打铁还需自身硬!作为一名党校教务教学管理工作者,更要自觉加强党性锻炼,严格要求自己,努力做一名素质好、党性强、作风正的共产党员,以实际行动影响和带动学员。

一要信。这个"信"是指信仰、信念、信心。对于马克思主义的信仰,中国特色社会主义和共产主义的信念,要相信、坚信、深信不疑。要从理论上、逻辑上搞清楚马克思主义为什么值得相信,共产主义的社会制度为什么一定会实现,只有理论上清醒才能保证政治上坚定。人总是要有点精神的!总要相信点东西,前行中才不会彷徨与迷茫。在党,就要信党,就要坚定地跟党走。我们是党校人,一期一期地培养教育入党积极分子争取早日入党,一期一期地培训教育党员领导干部要坚定理想信念。如果我们自己都不信,或者半信半疑,却教育别人去信,让别人去信,这是不可能做到的。要感动别人,首先要感动自己;要教育党员干部有坚定的信仰、信念,首先我们自己必须有坚定的信仰、信念。除了这个高大上的信仰、信念,现实生活当中,我们还要信正义、信正气、信公理,要信大多数,要信良知。不论是工作还是生活中,如果一个人越过了道德良知的底线,那就永远无法逃脱自己良心的追捕!

二要敬。这个"敬"是指敬畏、敬意、恭敬。要敬畏法律,敬畏历史,敬畏群众。想问题、做决策、办事情,要有临深履薄的敬意,要经得起时间、历史、群众的检验。群众的眼睛是雪亮的,群众的心里有杆秤。有的时候,这种检验评判并不是在人民群众的嘴上,而是在人民群众的眼睛里、在人民群众的心里。作为一名党校人,对于平凡而普通的日常工作,我们也要常怀恭敬之心。有没有这份恭敬之心,做事情取得的效果是大不一样的。

三要慎。这个"慎"是指慎独、慎微、慎初。"此谓诚于中,形于外,故君子必慎其独也。"当今社会价值多元、诱惑太多,做个君子不那么容易了,但不容易也要争取做个君子,因为君子坦荡荡,君子的内心是安详的。

四要淡。这个"淡"是指淡泊、淡定、淡然。对于金钱、名位、享乐这些东西要看淡一些,许多东西不是自己能追求来的,要知足常乐、达观顺命。孔子晚年三句话对后人影响非常大：第一句话是"时也，命也"（即时机决定命运）；第二句话是"慎始，善终"（即开始前先要谨慎地思考，既然决定了，就要好好地坚持下去），这句话跟"靡不有初，鲜克有终"异曲同工；第三句话是"尽人事，听天命"（即尽心尽力去做事，能否成功，则顺其自然）。每个人都是在被人需要的过程中体现自身的价值、实现自身的价值，我们有机会为组织服务、为他人服务、为社会服务、为家人服务是一种幸运，要心怀感恩。我们不仅要为眼前的生活努力工作，还应该秉持一种淡泊淡然的心态，常常怀想那令人神往的诗与远方。

# 突出"三性" 增强"三力"
# 切实提高干部教育培训质量*

教学不易,教育更难。教育培训干部,特别是教育培训领导干部不是一项容易的工作。领导干部不是一张白纸,可以随意涂画,用科学思想、先进理论武装领导干部的头脑,让干部们口服、心服、由衷地敬服,是一项十分有意义的创造性工作。做好新时代干部教育培训工作,必须以党的十九大精神为统领,以习近平新时代中国特色社会主义思想为指导,加强需求调研,突出主业主课,创新培训方式,落实工作责任,增强教育培训的针对性、科学性和实效性,切实提高干部教育培训质量。2018年党校干部教育培训要着力抓好以下几个方面的工作:

一是要抓好需求调研,提高教育培训的针对性。2018年的干部教育培训工作,要与市区大调研工作紧密结合,以需求调

---

\* 本文是笔者在2018年党校工作务虚会上的发言提纲,刊载于2018年3月5日《上海党校通讯》。

研开局，以需求调研开路。通过问卷调查、召开座谈会、上门走访、个别访谈等多种形式，把中央和市委、区委对干部教育培训的新精神、新要求弄懂悟透、深刻领会，把黄浦干部队伍的素质、能力、作风等方面的主要特点和问题短板把握清楚，把干部自身对教育培训的期望和诉求了解清楚。只有真正把组织要求、岗位要求与干部自身的需求有机结合起来，才能使干部教育培训工作有的放矢，既按纲施训，又因材施教。

二是要抓好教学计划的编制，提高教育培训的科学性。精心打磨、用心编制一份科学、优质的教学计划，是一个培训班取得成功的重要基础，甚至可以说有一份好的教学计划，这个培训班就成功了一半。一份好的教学计划主要体现在教学内容（开设哪些课程）、教学师资（请哪些教师来上课）、教学活动（去哪些地方参观、组织哪些方面的交流讨论、开展哪些方面的调研等）、教学方式（专题讲授、现场教学、案例教学等）的针对性、系统性、科学性上面。制订一个培训班的教学计划不是上几堂课、安排几次活动搞个大拼盘这么简单。制订教学计划时一定要想明白、搞清楚现有哪些教学培训资源、还能挖掘哪些教学培训资源（最优质的课程、最优质的师资、最佳的现场教学点等），具体培训哪些内容、请谁来上课，安排什么活动、如何开展活动，更要想明白、搞清楚为什么这样安排，这样安排背后隐含的道理、逻辑、理由是什么，一份教学计划的水平高下也就体现在其中。这里面大有讲究，最能反映出培训组织者的眼界视野、底蕴功力。

三是要突出主业主课，增强教育培训的政治性。要认真贯彻主体班教育培训大纲要求，突出党的理论教育和党性教育的主业主课地位，完善优化教学布局。第一，要保证主课的学习时间。严格贯彻执行中央有关要求，突出党的理论教育和党性教育的主课地位，在教学安排中党的理论教育和党性教育课时不低于总课时的70%，其中党性教育课时不低于总课时的20%。第二，要突出重点。党校姓党，党校的教育培训要把政治性摆在首要位置，一切教学活动、一切办学活动都要坚持党性原则，坚持政治标准。干部教育培训要坚持以马克思列宁主义、毛泽东思想、邓小平理论、"三个代表"重要思想、科学发展观、习近平新时代中国特色社会主义思想为指导，以学习贯彻习近平新时代中国特色社会主义思想和党的十九大精神为重点，以理论教育和党性教育为主线，以干部素质能力提升为重要内容，夯实理论基础、拓展世界眼光、培养战略思维、加强党性修养，帮助学员增强"四个意识"、坚定"四个自信"。

四是要提高专题课质量，增强教育培训的感染力。要以有思想性、有感染力、高质量、高水平的专题教学吸引学员，确保良好的学习氛围和到课率。一方面，着力提高本校教师的教学能力和授课质量。新的一年将推出专题课教学指南，便于教师根据各类培训班次的教学需求，有针对性地早筹划、早着手进行专题课的备课与试讲。党校教师要善于用学术讲政治，用学理讲道理；另一方面，着力选优选强外聘师资。要拓展选聘的视野（市委党校、高校、科研院所、先进典型、各级领导），提高选聘的能力，加强对选聘师资的服务。

五是要加强现场教学，增强教育培训的震撼力。要把新时代改革开放的现场作为教育培训干部的课堂，把革命文化红色基地作为教育培训干部的课堂，把法院庭审、监狱参观等作为警示教育的课堂。要科学审慎选点，精心组织策划，让一线现场说话、让真实情景说话、让文物资料说话、让客观事实说话，通过感性的东西来增强理性的认识，透过客观的事实来讲述深刻的道理，切实增强教育培训的感染力、冲击力、震撼力，提高教育培训的实际效果。

六是要落实工作责任，增强教育培训的工作合力。干部教育培训是个系统工程，需要全校方方面面的参与和努力。教书育人、管理育人、服务育人，一个培训班次的成功，是教师、教学管理人员、行政后勤人员、物业服务人员等齐心协力共同努力的结果。要进一步落实班级管理项目组组长、教学组组长、后勤保障组组长和班主任工作责任制，细化工作流程，严明工作纪律，落实工作责任，增强工作合力，抓早抓小，落细落实，努力提高教学教务管理水平和教育培训质量。

# 做弘扬上海城市品格的模范*

革命先驱李大钊先生在《今》中写道:"无限的'过去'都以'现在'为归宿,无限的'未来'都以'现在'为渊源。"回望历史,放眼今时,人们常常选取一些重要的时间节点来回顾和展望。1978年12月18—22日召开的党的十一届三中全会,作出了关于实行改革开放的伟大决策。从此,中国特色社会主义事业翻开了波澜壮阔的崭新篇章。改革开放40年,我们取得了举世公认、彪炳史册的辉煌成就。站在改革开放40年这个历史时点上,我们回望过去,在由衷地发出改革开放成就了中国、改革开放成就了上海这个感慨、这个结论的同时,更重要的是要进一步坚定改革开放再出发的信心和决心。

《改革开放成就上海》一书选取了40个重要历史事件和历史场景,以点带面,反映上海40年改革开放的光辉历程,透过对历史细节的挖掘,由事讲人,既让读者从中窥见上海改革

---

\* 本文是笔者2018年12月在《改革开放成就上海》重点教材发布暨上海城市品格座谈会上的交流发言。

开放的历史概貌，又能体会到这些历史事件和历史场景背后蕴含的上海人的"精气神"。

我特别赞同这本书《序言》中的一段话："透过具体事件，我们看到了人；透过具体的人，我们看到了行为；透过具体的行为，我们看到了精神。"改革开放40年，上海所创造的"传奇"，首先得益于党和国家的改革开放政策，另一个重要原因是上海人及上海这座城市所蕴含的独特的精神品格。哲学中讲，外因是变化的条件，内因是变化的根据。当改革开放的政策、环境、条件，与上海人、上海这座城市开明、包容、开放、务实等精神品格叠加共振的时候，就会迸发出巨大的创新创造活力，创造出令人惊叹的社会生产力，缔造出让人称为"魔都"的发展奇迹。人是一个城市发展第一可宝贵的资源，人的素质、人的精神品格对于一个城市的发展至关重要。

我们对一个人、一个城市的评价和印象，主要来自"三态"：第一个是形态，高矮胖瘦，高楼大厦，车水马龙。第二个是状态，就是近距离的，最先能感受到的，比较容易感受到的东西，就是这个人的品格姿态（开心还是不开心，高兴还是不高兴，经常是开心的，还是常常是不太开心的），这个城市的状态，也就是我们讲的城市的品格。所谓上海的城市品格，就是上海人整体的一个样貌、上海人整体表现出来的比较稳定的一些心理特征。第三个是神态，再往深层次挖，透过人的形态和相对比较容易感知到的状态，对于一个人、一个城市更深层次的价值追求的抽象概括，就是城市的精神。

关于上海城市精神品格的论述，在我有限的阅读记忆当中，最早是1994年邓小平同志最后一次在上海过春节时留下这样的嘱托：上海的工作做得很好，上海有特殊的素质、特殊的品格，上海完全有条件上得快一点。接下来是2003年左右，上海有过一次全市大讨论，提炼形成了8个字的上海的城市精神——"海纳百川，追求卓越"。到2007年，习近平同志担任上海市委书记期间，丰富完善上海城市精神为16个字——"海纳百川、追求卓越、开明睿智、大气谦和"。到这一次习近平总书记在上海进博会上，以高度凝练的语言概括上海城市品格是"开放、创新、包容"，这是对上海改革开放成绩的充分肯定和鼓励，也是对上海的深切期许，是我们继续前进的不竭动力。

因为今天是重点教材发布暨上海城市品格座谈会，所以，在这里我代表黄浦区委党校表个态：

一是要认真做好《改革开放成就上海》重点教材的学用工作。《改革开放成就上海》是中共上海市委党校组织编写的干部教育培训重点教材，黄浦区委党校将把本书作为干部教育培训重要的学习资料，为全体教职员工及处级班、中青班等班次学员人手一册配发本书，在有关主体班次开设"上海改革开放的精神品格"等专题课程，切实做好这一重点教材进班级进课堂工作，讲好中国改革开放故事、讲好上海改革开放故事。

二是要把习近平总书记在首届中国国际进口博览会开幕式上的主旨演讲及在上海考察时的重要讲话精神，特别是关于上海城市品格的重要论述，纳入当前和今后一个时期干部教育培训的重要内容。教育和激励广大干部在完成好习近平总书记交给上海的三项重大任务，贯彻落实习近平总书记对上海提出的五个方面工作要求的过程中，牢记初心使命，强化责任担当，涵养好、展现好开放、创新、包容的上海城市品格，为建设"卓越的全球城市"，再立新功、再创佳绩。

三是要做弘扬、践行、展现上海城市品格的模范。作为上海党校人，目前大家都在认真地学习、宣传、贯彻《2018—2022年全国干部教育培训规划》，我们要以开放、创新、包容的精神品格，高质量地搞好干部教育培训，高水平地服务上海、服务黄浦的经济社会发展。既请进来，也走出去，用最新的理论武装党员干部头脑，不断改进干部教育培训的方式方法，不断提升党的理论教育和党性教育主业主课的质量和水平，为书写新时代中国特色社会主义伟大事业的上海篇章、黄浦篇章做出我们党校人新的贡献。

# 推动用学术讲政治落地落实[*]

中共中央印发的《2018—2022年全国干部教育培训规划》提出，要着力提高教师用学术讲政治的水平，为党校教师提高教学素养指明了努力的方向。用学术讲政治，就是要用学术阐释党的理论和党中央重大决策部署，要从专家视角对重大理论和现实问题作理论分析，不仅要讲清楚是什么，还要回答为什么。要用学理去分析现实背后的原因和逻辑，不仅帮助学员从理论上弄清楚问题的本质，还要让学员掌握理论分析的方法。

必须懂政治。要始终坚持党校姓党根本原则，自觉遵循党的政治路线，以党的旗帜为旗帜，以党的意志为意志，以党的使命为使命，严守党的政治纪律和政治规矩。要把讲好习近平新时代中国特色社会主义思想摆在最突出的位置、作为最大的政治，使之系统权威进教材、生动有效进课堂、刻骨铭心进头脑。同时，还要善于从政治上看问题想问题，时刻保持政治敏

---

[*] 本文发表于2019年5月17日《学习时报》。

锐性和政治洞察力。

要有扎实的学术功底。党校教师要用学术讲政治，就要认认真真地把学问做好，多读马克思主义经典著作，深钻细研，弄通悟透，打牢扎实的学术功底，掌握分析问题的理论工具。要围绕教学开展调研科研，把情况理清楚、把问题搞透彻，不仅知其然还要知其所以然，只有真正深入才能做到浅出。没有扎实的科研作为基础、作为铺垫，就难以做到用学术讲政治、用学理讲道理，就不能让学员真正信服。

善于讲政治。讲好政治、善于讲政治，就是要把大道理与具体实际贯通起来，要把事实背后的深层原因揭示出来；要树立问题意识，勇于直面问题，深刻剖析问题，善于回答问题，有针对性地为学员释疑解惑；要找准学术接口，把现实问题转换成学术问题，用学理讲道理；要善用分析工具，用严密严谨的逻辑框架体系，把问题论证清楚，把理论阐述明白。

用学术讲政治，不仅仅是理念问题、方法问题，对于区级党校来讲也是一个很高的工作标准、工作要求。正因为其要求高、难度大，党校教师更应锐意进取、久久为功。

为切实推动用学术讲政治落地落实，2019年上海市黄浦区委党校重点抓好五方面的工作，努力推动教学科研工作再上新台阶。

一是开展"专题课提升计划"。各教研科室按照用学术讲政治要求，组织教师对所讲授专题课重新梳理课程讲义、重新申报；组织教师重点围绕习近平新时代中国特色社会主义思想、党的十九大和十九届二中、三中全会精神申报新的教学专题；严格主业主课开发流程，设立学校专题课评议小组，把好专题课程统一试讲关，凡试讲评议未能通过的教学专题，一律不予排课；早筹划、早启动，积极参加上海市党校系统精品课比赛，举全校之力，努力打造"用学术讲政治"精品课。

二是构建"初心教育"课程体系。黄浦是中国共产党的诞生地所在区，是共青团的发源地、国歌唱响地、解放上海第一面红旗的升起地。要用好红色资源、讲好红色故事、传承红色基因，结合"不忘初心、牢记使命"主题教育，开设"初心教育"系列课程，构建"初心教育"课程体系，打造"初心教育第一大课堂"。

三是加强现场教学基地建设。结合新时代黄浦发展实践中涌现出来的黄浦滨江党建、文化思南等新亮点新名片，建设一批涵盖基层党建、社区治理、文化建设、城市精细化管理的现场教学基地。既要讲清讲透这些教学基地的基本情况、基本做法，又要深刻挖掘这些探索实践的价值意义和内在逻辑，增强现场教学的体验度、震撼力和获得感。

四是实施"科研决咨推进计划"。完善教研咨一体化机制，以更多有针对性、高质量的研究成果服务教学培训，完善主业主课支撑体系。适时提出科研课题和决咨课题指南，充分利用学员资源和黄浦区决策咨询委员会课题研究的平台优势，强化科研决咨的针对性、基础性、前瞻性。重点加强党情政情社情信息反映和研究，及时总结提炼各部门、街道经验做法，特别是黄浦区在贯彻落实习近平总书记考察上海提出的工作要求所取得的新成果，全面提高科研决咨水平。

五是组织"经典研读分享"活动。深入开展马克思主义经典著作、各门学科经典著作、中华优秀传统文化经典著作研读活动，定期组织教师交流研读心得，分享学术思想成果，切实把学问功底打扎实，把思想理论悟透彻，把品德学养培丰厚，为用学术讲政治打好坚实的基础。

# 学"四史" 守初心 担使命*

观今宜鉴古，无古不成今。历史是最丰富、最生动的教科书。习近平总书记在2019年11月来上海调研考察时指出，上海是我们党的诞生地，党成立后党中央机关长期驻扎上海，上海要把这些丰富的红色资源作为主题教育的生动教材，引导广大党员、干部深入学习党史、新中国史、改革开放史，让初心薪火相传，把使命永担在肩。在2020年1月主题教育的总结大会上，习近平总书记指出，要把学习贯彻党的创新理论作为思想武装的重中之重，同学习马克思主义基本原理贯通起来，同学习党史、新中国史、改革开放史、社会主义发展史结合起来。这里增加了一个社会主义发展史。自此，"四史"作为一个新的要求，正式提出来了。如何把"四史"学习教育在黄浦、在我们黄浦区委党校落地落实，是我们校委一班人认真考虑的问题。怎么样服务中心、服务大局？黄浦区委党校在2020

---

\* 本文系笔者于2020年5月在上海市委党校公务员培训处党支部、校院工作处党支部与黄浦区委党校机关党支部联合主题党日上的发言，根据当时录音整理。

年开学初第一时间就开始行动。因为是新冠疫情期间,我们选定用微课这种形式来讲"四史",所以我们今年的第一次校委会专门研究确定下来这样一个目标任务。这是我们党校有史以来第一次开教师视频会议。2月13日我们召开校委会;2月16日我们开视频会议,从开动员会到今天,3个多月时间,我们分3批一共录制了18堂微党课,目前已经正式上线了5堂微党课,其他的待完成后期制作,我们基本上按照每周上线2堂微党课这样的节奏在推进。在"四史"教育微党课的开发录制工作方面,我们主要做了以下几项工作。

第一项工作是把好选题关。党史、新中国史、改革开放史、社会主义发展史,可以说"四史"浩繁,讲"四史"从哪里开始讲?我们党校人从哪里讲?我们黄浦党校人讲什么?从哪里讲?这是我们首先要面对的问题。选择微党课这种方式来讲"四史",我们当时是怎么考虑的呢?黄浦是党的诞生地所在区,黄浦在我们党的历史上、在新中国的建设史上有着非常重要的地标意义,我们希望通过这些微党课把发生在黄浦的有关党的历史,用简短的故事,小中见大,深入挖掘蕴含其中的意义,来演绎、讲明白一些大的深刻的道理。整个选题是希望达到有黄浦印迹、有上海意义,甚至有全国意义、有世界意义的选题。所以刚刚大家看到的18堂微党课的选题,大部分是在我们黄浦发生的故事。当然有几堂微党课的选题,比如说中华人民共和国成立后颁布的第一部法律《婚姻法》,比如说中华人民共和国成立初期反腐败风暴,这些是全国的。我们微党课的选题主要聚焦黄浦,但是不能只是黄浦人听得懂,我们希望全上海的人听得懂,甚至全国的人、世界上的人都听得懂。为什么呢?因为我们黄浦这个地方特殊,是党的诞生地、是初心的始发地,所以很多历史故事是有全国意义、世界意义的。要么我们不讲、要么我们不做,要做就要做到最好、做到有广泛的社会影响。为了把好选题关,我们学校出了一个选题指南,微党课的一个选题方向是把我们黄浦范围内一些首发首创的点整理出来,请老师们来认领,采用老师认领与学校指派双向结合,把选题定下来。这也不是一步到位的,我们分了3批,最后我们整理成18讲,但还是没有全部完成。黄浦区有127处革命遗址遗迹,我们后续将持续地做好挖掘开发工作,演绎宣讲好这些红色故事。

第二项工作是把好调研关。组织老师查阅相关资料,深入实地开展调研。比如,上海解放时第一面红旗升起的地方在永安百货绮云阁,我们去永安百货的现场察看;刚才大家观看的微党课,上海证券交易所的第一锣在浦江饭店敲响,我们去浦江饭店调研,那里现在是中国证券博物馆;上海的第一个居委会是我们外滩街道的宝兴里,我们深入基层实地去看,采访相关人员。我们专门去拜访《于无声处》的编剧宗福先,为什么去拜访他呢?就是核实有关细节。我们始终认为,没有调查就没有发言权,同样地,没有深入的调查、没有深入的实地采访,就没有讲故事的权利,也没有上课的权利,因为没有调查不一定讲得准、不一定讲得真。所以我们要求所有的老师,要深入做好调研工作,我们的老师很投入,对于每一个点位,都反复地去现场察看,反复地去核实资料。

第三项工作是把好讲稿关。撰写一篇好的讲稿是很难的,不是所有的故事都适合用来讲党课,还要提炼一点、升华一点,思考这些故事有没有提炼升华的价值。讲党课与讲故事不一样,不是就故事讲故事,要有所升华,如果纯粹讲故事,它就不是党课。那么这些史实怎样搞准确,怎么评价到位,都是需要认真研究的。我反复和老师们说,线上的微党课内容要准确,言辞要严谨,多下功夫。我们对讲稿的要求特别严,有一个完整的审阅把关流程。老师个人撰写好党课讲稿后,我们三个教研室,由教研室主任把好第一关。教研室主任初审通过后,交给分管校领导审阅把关,再提交由常务副校长、分管副校长和教研室主任组成的评审小组集体会审。因为这些史料很丰富,一个人不可能对这些史料都很了解,所以我们希望能够发挥集体的智慧,集思广益,共同来把关,集体评审通过了,讲稿才算基本过关。要过这么多关,每一关都不是虚设的,从讲稿的框架结构,到每一个文字甚至每一个标点,都逐字逐句地进行审改,主要是把好四个方面的关。

一是观点要正确鲜明。这是党校最为关注的,观点一定要正确鲜明。讲史,要有正确的历史观,历史上有的东西不一定都有定论，有定论的我们讲，没有定论的、不完全确定的我们存疑，可以回避一下，但是，观点要正确鲜明。

二是史料要严谨准确。如果讲的历史人物、历史事件不确实、有瑕疵、有漏洞，会误导人，造成很不好的影响。我举个例子，比如刚才看的微党课中有采访宗福先的画面，我与主讲老师专门去拜访过宗福先老先生，就在这个月，当时他到永业集团参加一个纪实文学颁奖活动，有记者采访他，媒体报道当年文化部、总工会对他进行表彰是在12月18日，也就是党的十一届三中全会开幕当天。我们看到的资料是前一天，即12月17日对他进行表彰。当时我们看到媒体报道后，就专程上门采访宗福先老先生，向他当面核实。他告诉我们，是前一天，也就是1978年12月17日表彰好，第二天12月18日党的十一届三中全会开幕了，并拿出当时的照片资料来佐证。我们专门拜访他，把时间核实清楚，如果搞错了，就会以讹传讹。类似的还有很多，我们就是要细抠字眼、一丝不苟，以确保史料的严谨准确。

三是评价要权威可靠。因为是讲历史，所以涉及的所有定性的话语，一定要出自权威机构、权威部门。不能道听途说，看到一篇报道、看到一份宣传资料就把这个搬过来，我们不能这样做，因为我们是在讲党史，是在党校讲历史，所以我们要求所有定性的话语都要有权威的出处。比如，建党的时候，有很多个"第一"就发生在我们黄浦，第一个共产主义小组，当时叫什么呢？有的叫发起组，有的叫共产主义小组，实际上它当时的名字就叫"中国共产党"。所以我们讲这部分内容时就采用刚出版的两卷党史中的讲法，中国第一个共产党早期组织当时取名为"中国共产党"。实际上它承担了发起组的作用，但它的名称不叫发起组，它的名称就叫"中国共产党"。类似于这样的还挺多的，关于这些微党课的开发录制过程讲起来有很多故事。

四是主题升华要恰当中肯。我们尊重史实，尊重它当时的意义，但是也要和现在联系起来，现在有何种意义？比如，我们刚才看的微党课"海上第一块"，这种做法现在很普遍了，没有多少特别之处，那这个有什么好讲的？是我们刻意去拔高它吗？不是的，它当时的意义主要在于两个方面：（1）它是首创。没有路，它突破出来了；（2）它敢担当。这种精神是一直需要的，我们不是一再去拔高，赋予它伟大的意义，而是回想当年的情景、尊重它当年在破冰开路方面的意义和作用。当前的经济社会发展中我们仍然需要发扬这样的首创和担当精神。

所以，一份党课讲稿需经过反复修改、反复打磨，少则五六遍，多则十几遍，但为了最后能呈现高质量的视频党课，我们的教师团队真的蛮拼、蛮给力的。

第四项工作是把好试讲关。我们学校有严格的试讲制度，教师统一试讲，由校领导和科室主任组成的评议小组，不用写出具体的理由，通过还是不通过，就两个选项，背靠背地打勾，确定试讲结果。我们要求每一位老师，对自己的每堂课都要做到"三个清楚"，即想清楚、写清楚，最后才能讲清楚。先要想清楚，再动笔写讲稿，有的时候以为自己想清楚了，结果写讲稿时，才发现逻辑还不严密，论据还不充分，那就再想、再写。想也想清楚了，写也写清楚了，最后讲的时候，仍有可能透过讲话时的语感发现还有需要修改完善的地方。所以，我们要求做到三个清楚，即想清楚、写清楚，最后才能讲清楚。这是我们把的第四个关。

第五项工作是把好制作关。所谓制作关，就是把我们这些讲稿、图片、PPT、音频、视频有机整合起来，成为我们上线的视频党课。今天大家看到的微党课，其片头制作、录像、剪辑等，都是我们的老师完成的，大家团结协作，努力打造出一批精品微党课。

这是我们主要做的五项工作，这些工作体现了以下特点：

一是领导重视。从组织策划到党课选题确认，再到讲稿把关、试讲评议，校领导全程参与，亲自把关每一个过程。同时，建立健全党课教学管理制度，规范教学流程，定期对党课教学进行评估和反馈，确保党课教学的严肃性和规范性。

二是老师努力。我们一共有14位老师参与线上的微党课，其中5位是新老师，有的新老师还没有正式上过讲台，微党课的试讲是他们第一次正式上课。大家刚刚观看的三堂微党课视频，其中有两堂微党课是第一次上讲台的新老师讲的，现实就是这样的情况。但是我们所有的老师，老教师也好，新教师也好，每位老师都有任务，最少承担一门，多的承担三门，大家都付出了很多心血，反复修改、反复打磨，竭尽全力要把这批微党课搞好。这期间，我们的老师还做了几件事，申报国家社科基金课题，应报尽报，我们上报了七个；完成相关教学案例的编写，每位老师都写了一个，上报给市委党校、市委组织部五个，最后入选了两个。所以这段时间，老师们真的特别努力，我为我们这支特别有战斗力的教师队伍感到骄傲和自豪。

三是团队给力。从总体上来说，从制作微党课的这个角度，我们这支队伍可以说是一个"草台班子"，不是专业化的，负责录像制作的同志本身也是老师，但是学校领导请他客串帮忙，他二话不说就全身心地投入这项工作。我们的微党课可谓是"小成本、大制作"，成本有多小呢？我跟大家汇报一下，总共18堂课，花了约1万元。主要是租借了一部分录制设备，请了两个人录了3天，做了一个背景板，我们自力更生，能省则省，精打细算，高质量地完成了18堂微党课的制作。整个制作过程中，还有我们的教务人员、行政管理人员、后勤人员等，大家精诚团结，通力合作。

四是反响良好。从目前看，18堂微党课包括创党建团、上海解放的史话、新中国的印迹、改革开放的先行者、创新实践排头兵等5个板块，已正式上线的5堂微党课社会反响良好。今天应当会上线第6堂、第7堂微党课。我们黄浦区委党校的微信公众号上会发布这些微党课，请各位老师加一下我们的微信公众号，这是我们第一个上线的平台。"黄浦党建""上海黄浦"给予了转发，后来"上海基层党建"也转发了，最后上了"学习强国"。我们每推出一堂课，这些平台就陆续为我们转发一堂课。还有很多媒体对此进行了相关报道。我跟老师们交流时提到，我在党校工作了 20 年，除了开班结业有区级媒体来例行报道，区级党校的工作是不大会引起媒体关注并进行报道的，但这批微党课推出以后，上海广播电视台、《文汇报》《解放日报》等陆陆续续都有相关报道，对我们开展的这项工作给予了充分肯定。

当然，这些工作还存在一些不足：

第一，内容还有改进提升的空间。毕竟这么短的时间——仅两三个月制作了 18 堂微党课，在经典著作解读、前沿理论研究、具体案例探讨等方面还需不断丰富和提炼，让党课内容更具现实针对性。第二，教学形式相对比较单一。比如，我们的课都是在那个背景板前录制的，今后可以多一些教学形式，到现场去，多一些现场感，效果可能会更好。老师们面对镜头还不够自信、放松。第三，这些微党课"播报"的成分似乎多了一点，作为党校老师，讲党课，"讲"的这个味道还不够充分，这也是我们将来需要改进和提升的地方。

下一步，我们将对这 18 堂微党课继续做好深化、转化的工作。比如，我们可以将有的微党课开发成现场教学，将有的微党课开发成案例教学,将有的微党课继续深化、转化成专题课,等等。刚刚听市委党校领导介绍,市委党校有许多外国政党、外国政府官员的教学班次,可以把我们的微党课拿到这些班次上去播放推介一下,因为这些"四史"故事具有全国意义、世界意义,这些都是我们下一步努力的方向。

我就讲这些,不当的地方请大家批评指正。谢谢!

# 学好看家本领　提升工作水平*

## 一、何谓领导干部的看家本领

习近平总书记在党的十九大报告中强调,要增强8个方面的本领:一是增强学习本领,二是增强政治领导本领,三是增强改革创新本领,四是增强科学发展本领,五是增强依法执政本领,六是增强群众工作本领,七是增强狠抓落实本领,八是增强驾驭风险本领。这些本领对于领导干部来说都很重要,只有政治过硬、本领高强,才能适应新形势、开拓新局面。领导干部在努力增强这8个方面的重要本领时,还需牢记习近平总书记强调的"看家本领"。那么何谓领导干部的看家本领呢?2015年1月12日,习近平总书记同中央党校第一期县委书记研修班学员进行座谈并发表重要讲话时指出,要把学习掌握马克思主义理论作为看家本领,不断领悟,不断参透,做到学有所得、思有所悟,注重解决好世界观、人生观、价值观这

---

\* 本文是笔者2020年9月在黄浦区处级干部进修班上的发言。

个"总开关"问题。在马克思主义三个组成部分中,马克思主义哲学是理论基础和思想指导。可以说,如果没有马克思主义哲学,马克思主义政治经济学和科学社会主义就会失去科学的世界观和方法论的理论前提。

领导干部由于工作性质和岗位职责不同,需要的"专业本领"不同,如分管党群、城建、商贸、街道、政法,需要有相关的"专业本领"。但不管在什么岗位做什么工作,都必须有理论思维作支撑,而马克思主义哲学恰恰是理论支撑的源泉。

从实际情况看,领导干部的"看家本领"比"专业本领"更为重要。首先,学好"看家本领"是领导干部坚定理想信念的要求。马克思主义理论是坚定理论信念的思想武器。没有理论上的清醒坚定就没有政治上的清醒坚定。其次,学好"看家本领"是领导干部增强工作科学性、全面性、系统性、预见性的要求,要把工作中的思想方法搞清楚,必须用马克思主义理论特别是马克思主义哲学武装自己,切实掌握科学的世界观和方法论。最后,学好"看家本领"是领导干部成长进步的必然要求。是否善于学习运用马克思主义理论这个看家本领,决定着一个人的视野眼界、政治站位、理念思路、胸襟格局。李瑞环同志在《学哲学 用哲学》一书中认为,哲学是明白学、智慧学,学懂了哲学,脑子就灵,眼睛就亮,办法就多;不管什么时候、干什么工作都会给你方向、给你思路、给你办法。

## 二、学好看家本领，主要应该学些什么

历史和现实的经验告诉我们，看家本领对于领导干部来说，是安身立命的基础，如大厦之柱、树木之根、衣服之第一粒扣子。如果"看家本领"不过硬，"家"就看不住，就有"丢家""败家"的危险。学好看家本领，主要应该学些什么呢？

首先，要学好马克思主义理论特别是马克思主义哲学，这是基础。

其次，要学好党的创新理论，这是重点。当前，要把学习贯彻习近平新时代中国特色社会主义思想作为理论武装的重中之重。

再次，要学好马克思主义的立场、观点、方法，这是根本。马克思主义不是教义，而是方法。习近平总书记指出，新形势下，坚持马克思主义，最重要的是坚持马克思主义基本原理和贯穿其中的立场、观点、方法。

站稳"一个立场"：相信谁、依靠谁、为了谁，是否始终站在最广大人民的立场上，是区分唯物史观和唯心史观的分水岭，也是判断真假马克思主义政党的试金石。

坚持"两个观点"：辩证唯物主义和历史唯物主义的观点。

辩证唯物主义的观点包括世界统一于物质、物质决定意识、事物矛盾运动、认识和实践辩证统一、坚持实践第一、发展的观点、联系的观点等。

历史唯物主义的观点包括社会存在决定社会意识、社会基本矛盾及其运动规律、物质生产是社会生活的基础、人民群众是历史的创造者等。

运用"三种方法":唯物辩证、实事求是和群众路线的方法。

唯物辩证、实事求是、群众路线的思想方法和工作方法,一起构成了马克思主义的方法。

唯物辩证的方法。核心要求是,客观地而不是主观地、发展地而不是静止地、全面地而不是片面地、系统地而不是零碎地、普遍地而不是孤立地观察事物、分析问题、解决问题。

实事求是的方法。坚持实事求是,难就难在客观实际总是错综复杂、千变万化的,隐藏在现象背后的规律不是那么容易掌握的。所以坚持实事求是,要不唯上、不唯书,只唯实;要调查研究,听真话、查实情,要解放思想、与时俱进。

群众路线的工作方法。坚持一切为了群众,一切依靠群众,从群众中来,到群众中去。要做到工作的出发点是为了群众,工作的过程中依靠群众,我们的一切工作最终结果是让群众得实惠、让群众满意。

## 三、学好看家本领,应该怎样学

一是要读原著、学原文、悟原理。不是说听课、听辅导报告没有用处,而是要求尽量看源头上第一手的东西,多读原文原著,少读二手、三手的东西。所有的解释,都或多或少地打上了解释者自己的烙印。

二是要弘扬理论联系实际的学风。知信行统一，学思用贯通。要知行合一，不能学归学、说归说、做归做。

## 四、用好看家本领，提升工作水平

第一，要高站位。要有普遍联系的观点，胸有全局，在大局下思考，在大局下行动，在大局下工作。

第二，要摆正位。要有人民群众是历史创造者的观点，自觉摆正与人民群众的关系，自己也是百姓；自己既是下级的领导，又是领导的下级。

第三，要多换位。与工作对象、服务对象之间多换位思考，要"目中有人"，每件事情每项工作后面都是人，都是由人去做的，做决策想问题时要多设身处地换位思考。

第四，要善作为。抓主要矛盾和矛盾的主要方面；抓点带面，典型引路，扬优成势，补齐短板等；要用心走心，宜临阵必在军，"勿说一官无用，地方全靠一官"，有为有位。

作为一名干部教育培训工作者，深感责任重大，党校要切实担负起理论教育和党性教育的主业主责，发挥好主渠道、主阵地作用。衷心祝愿全体学员，通过党校的进修培训，理论素养有新的提升，看家本领更加过硬，工作水平再上台阶，推动黄浦各项工作走在前列、不辱门楣，再创佳绩、再立新功！

# 创造发展新奇迹
# 建设"世界会客厅"*

很高兴作为新加入的论坛顾问单位，参加第四届上海黄浦滨江党建论坛。刚才5家单位围绕"凝心聚力谋发展，共建世界会客厅"的主题，交流分享了他们以党的建设为引领，创新区域化党建模式，塑造企业服务品牌、发挥党员骨干作用、倾情做好城市更新、打造社区治理共同体等工作经验，既有实践探索又有理论提升，既有党员骨干担当作为的先进事迹又有基层组织谋划推动的做法成效，展现了滨江党建论坛各成员单位充分发挥党组织的政治功能、组织功能和党员先锋模范作用，不断提高党的建设质量和水平的新作为新成果。大家的发言都很精彩！我也深受教育。今天论坛确定的主题很好，受大家发言的启发，我想就今天论坛的几个主题词"发展""世界会客厅""党的建设"谈点自己的感想。不当之处，请大家批评

---

\* 本文是笔者2020年12月在第四届上海黄浦滨江党建论坛上的发言。

指正。

## 一、何谓"世界会客厅"

会客厅不是灶披间,也不是后花园。我理解的"世界会客厅"应该具有这样的内涵和特质:

一是会客厅的硬件环境应该是世界级的。要具备优美的生态环境、独特的人文历史气息、时尚新颖现代的公共设施。

二是会客厅的服务管理应该是世界级的。到世界会客厅做客,可以喝茶、品酒、尝美食,更重要的是能在这个会客厅里感受到优雅、精细、温馨的服务,能感受到上海发展的速度、管理的精度和服务的温度。

三是出入会客厅的客人应该是世界级的。世界会客厅里应是谈笑有鸿儒,自当高朋满座、精英荟萃。应该是吸引全世界最优秀的科学家、政治家、企业家、文学家、艺术家……到这里来交流思想、宣介理念、启迪智慧、整合资源、引领潮流。

四是会客厅里谈论的话题应该是世界级的。世界的会客厅,谈论的是事关全球发展、世界治理、人类命运等重大课题,是减排、减贫、减灾,是气候变化,是重大疾病防治,等等,应主动设置议题、引领发展方向。

五是会客厅的客人应该是近悦远来,是大家愿意来、主动来,最好"留下来"。全世界的客人来到上海、来到黄浦这个"世界会客厅",看到的、听到的、感受到的,都应给人留下深刻的印象，一定是能给他们带来有益的收获、启发和帮助的。

## 二、高质量的发展是建设"世界会客厅"的第一要务

罗马不是一天建成的。同样，"世界会客厅"也不是轻轻松松就可以建设好的。"世界会客厅"是干出来的，是旧改征收中一户一户谈出来的，是城市更新中一砖一瓦建起来的，是提升服务中一点一滴做出来的，是做优做强产业中一项一项拼出来的，需要真抓实干，需要久久为功、绵绵用力。高质量的发展是建设"世界会客厅"的基础、前提和支撑。

一是要通过高质量的发展来增强我们的硬核实力。预计到2020年底，上海全市生产总值3.9万亿元左右，人均生产总值超过2.3万美元，经济总量迈入全球城市前列。但与全球一流城市相比，经济实力上还有一定的差距，欧美许多发达经济体人均生产总值达四五万美元甚至六七万美元。要按照区委二届十一次全会要求，围绕"功能新高峰、品质新标杆"的发展主线，通过"十四五"、2035年以至更长时期的拼搏奋斗和高质量发展，进一步增强我们综合经济的硬核实力。

二是要通过高质量的发展来展示我们的生机活力。上海要建设成为国内大循环的中心节点、国内国际双循环的战略链接。刚刚召开的黄浦区委全会提出，黄浦要打造配置全球资源、引领区域发展的心脏，彰显中国气派、弘扬城市精神的窗

口,追求精细治理、诠释美好生活的名片。要通过高质量的发展,使上海成为全球发展机会最多、资源整合能力最强、国际影响力巨大的国际大都市之一。

三是要通过高质量的发展来彰显我们的城市魅力。要充分用好用活红色文化、海派文化、江南文化资源,弘扬海纳百川、追求卓越、开明睿智、大气谦和的城市精神和开放、创新、包容的城市品格,传承发扬中华优秀传统文化,借鉴吸收世界优秀文化精华,凝聚向上、向善、向美的力量,提供更多叫好叫座的文化精品力作,使上海成为全球文明素养最高、最为安全有序、最为和谐美丽的人民城市。

## 三、党的领导、党建引领是创造发展新奇迹的根本保证

刚才讲到高质量的发展,是建设"世界会客厅"的基础、前提和支撑,与此同时,建设好"世界会客厅",全世界的客人来了,客人们的身后,必定能带来巨量的资本、资源、产业、贸易和服务,又能更好地推动我们的高质量发展。建设"世界会客厅"也好,推进高质量发展也好,最终落脚点是让人民群众有更多的获得感、安全感、幸福感、自豪感,有更加美好幸福的生活,其中党的领导、党建引领是关键所在,是根本保证。这就需要我们不断提高党的建设质量和水平,充分调动一切积极因素,广泛团结一切可以团结的力量,凝聚形成推

动高质量发展、建设"世界会客厅"的强大合力。

如何进一步做好党建工作，特别是深入推进滨江党建，一会儿王部长还要作重要讲话，提明确要求，我就不占用大家更多的时间了。刚才黄码公司党委，介绍了他们"凝心聚力，塑造最亮服务品牌，打造最红文化阵地，建设和守护滨水岸线"的经验做法；浦江控股有限公司党委磁浮浦东机场站相关班组，介绍了他们在日常工作中创造的"三声服务""五心级"服务方法，特别是共产党员在关键时刻、紧要关头"跟我上""我顶上"的表率作用和担当精神；上海弘基企业股份有限公司党总支，介绍了他们在城市更新建设中发挥党员骨干作用，深耕细作、精雕细刻做好每一个建设项目的专业精神；半淞园路街道党工委，介绍了他们传承红色精神、深化党建引领，打造社区治理共同体的经验做法；外滩投资集团党委介绍了他们主动作为，发起并推动"滨江党建·金融外滩"区域化党建新模式的创新实践。他们的经验和做法，是论坛各成员单位履行主体责任、从严管党治党，不断提高党建工作质量和水平的生动实践和现实写照。我相信，在区委组织部、区社会工作党委的有力指导下，在各成员单位的共同努力下，大家相互学习、相互借鉴、协同发展、共同提高，滨江党建论坛各成员单位党的建设质量和水平一定会跃上一个新的台阶，为黄浦、为上海高质量发展，为建设"世界会客厅"作贡献、立新功！

# 讲好红色故事　传承红色基因
# 续写时代华章*

红色资源是鲜活的历史，是我们党宝贵的精神财富。黄浦作为党的诞生地和初心始发地所在区，中国共产党在这里诞生、从这里出征，中国共产党的历史从这里开篇、在这里写下了光辉的第一页，红色基因已经深深融入黄浦人的血脉之中。

在全党开展党史学习教育期间，学习《求是》杂志第10期刊登的习近平总书记《用好红色资源，传承好红色基因，把红色江山世世代代传下去》这篇重要文章，感触良多。文章是习近平总书记2012年12月—2021年3月，在上海、江西、贵州、陕西、河北等22个省市考察调研时的讲话中有关用好红色资源、传承好红色基因方面内容的节录，涵盖了中国共产党100年来不同时期具有标志性、代表性的重大事件、历史发生地、革命故事、英雄人物、革命精神等，生动展示出总书记

---

\* 本文是笔者2021年6月在黄浦区委宣传部理论学习中心组学习会上的发言。

对革命老区和革命圣地的赤子之心和深厚情怀，对革命先烈先辈的无限景仰和深切缅怀，对英雄气概、革命精神、党的光荣传统的无比尊崇和深情礼赞。下面谈几点心得体会。

## 一、深刻认识用好红色资源、传承好红色基因的重大意义

人类历史有三种存在的形态：一是存在于人们口口相传的传说当中；二是存在于文字记载的史册当中；三是有遗迹实物存世的。传说可信度最低；文字记载或有书写者个人的情感偏好；遗迹实物虽不言但最有力量，有文字与实物相互印证的历史最为可信。

红色旧址遗迹是我们回溯党的历史的经纬坐标。如果没有这许许多多红色旧址遗迹，没有这些红色地标展现的历史现场，回望这 100 年就会感觉模糊虚空、没着没落似的。

红色文物史料是我们说明党的历史的有力铁证。许许多多的红色文物、旧址遗迹，让人们可以直接触摸到百年历史的真实和温度。

我们为什么强调要讲好党的故事、革命的故事、英雄的故事，因为这些先烈英雄为我们这个国家这个民族付出了青春热血乃至生命，他们的事迹、他们的英名值得我们世世代代永远铭记。

红色资源中凝结着我们党百年奋斗薪火相传的红色基因，

因此，我们不仅要将红色资源保护好维护好，更要将红色资源活化好运用好，使之成为人们汲取历史智慧和奋进力量的生动教材，使之成为发扬红色传统、赓续共产党人精神血脉的源头活水。

再过二十几天，中国共产党将迎来 100 岁生日这个伟大的时刻。认真学习习近平总书记这篇重要文章，重温那一段段壮怀激烈的峥嵘岁月，感悟党一路走来的苦难辉煌，对于更加深刻了解我们党的百年历史，不忘初心、牢记使命，昂扬奋进全面建设社会主义现代化国家新征程，不断书写新的历史、创造新的辉煌，具有十分重要的意义。

## 二、牢牢把握红色基因、红色精神的主脉主线和深刻内涵

用好红色资源，守护建设好共产党人的精神家园，让流淌在城市血脉中的红色基因赓续相传、永不变色，黄浦责任重大且优势突出。

要深入推进"党的诞生地"发掘宣传工程。着力打造彰显建党初心、弘扬革命精神的红色高地，使之与南湖、井冈山、遵义、延安、西柏坡等一起，共同组成中国红色文化的主脉。要认真学习建党精神、井冈山精神、长征精神、遵义会议精神、延安精神、西柏坡精神、抗美援朝精神等（一大纪念馆中用了一整块板面列出了 96 种精神）构筑起的中国共产党人的

精神谱系，教育引导广大党员、干部在正确认知历史中走向未来，在延续革命精神、永葆初心使命中开拓前进。

要深刻把握红色基因的深刻内涵。"红色基因"是中国共产党区别于其他政党，在思想理论、精神道德、作风实践中代代相传的优良传统，是流淌在中国共产党人血脉中生生不息、薪火相传的遗传因子、精神密码。我个人觉得主要是三个方面：

一是革命理想高于天的坚定信念。为什么中国革命能成功？奥秘就是革命理想高于天，在最困难的时候坚持下去，这样才能不断取得奇迹般的胜利。要坚定对马克思主义的信仰、对中国特色社会主义的信念、对实现中华民族伟大复兴的信心。心有所信，方能行远。这信仰、信念、信心是中国共产党人最独特的精神标识，也是最重要的基因密码。

二是人民至上的鲜明立场。"江山就是人民，人民就是江山。"中国共产党为人民而生，因人民而兴，始终同人民在一起，为人民利益而奋斗，这是我们立党兴党强党的根本出发点和落脚点。

三是百折不挠的奋斗精神。我们党的百年奋斗历程中，历经曲折而不畏艰险，屡受考验而不变初衷，由小到大，由弱变强，靠的就是那么一股子百折不挠的奋斗精神。无奋斗，不青春。百年大党之所以风华正茂，就是因为中国共产党人的血液中流淌着拼搏奋斗的优良基因。

传承红色基因不仅具有重大的历史意义，更有很强的现实意义。当今社会上一些人，小我膨胀，缺乏家国情怀，只是一群"精致的利己主义者"。变异的不良的基因要旗帜鲜明地坚决阻断摈弃，红色的基因优良的基因要世世代代传承发扬。

## 三、切实履行讲好建党故事、弘扬红色精神的职责使命

挖掘保护红色资源不是我们的最终目的，我们的目的是要赓续共产党人的红色血脉和伟大精神，在新时代续写新的华章、创造新的奇迹。黄浦要牢记习近平总书记"走在前列、不辱门楣"的殷殷嘱托，谋求新发展，续写新传奇。作为党校人，作为党的诞生地所在区的党校人，要切实担负起讲好建党故事、弘扬红色精神的职责使命。2020年，我们党校围绕"黄浦首发首创"，推出"伟大孕育""开天辟地""革命之路""胜利之声""创新实践"5个板块18堂具有黄浦印记、上海意义、全国意义的红色微党课，取得很好的社会反响。2021年，区委党校以中国共产党百年奋斗历程为线索，推出"重温百年征程，感悟初心使命"和"从站起来、富起来到强起来"2个板块共109门党史学习教育课程，包括专题课、现场教学课、微党课、电影党课等，方便全区党员干部选学；精心打造"百年追梦人——共产党员的黄浦印迹"系列微党课（2020年的18堂微党课主要介绍黄浦区红色地标，2021年

的10堂微党课主要介绍百年来曾在黄浦战斗、工作的共产党人的追梦故事);出版发行《初心之地,百年回望——上海黄浦的红色印记》党史学习教育教材。

下一步,我们将重点做好三方面工作。一是围绕讲好建党故事,进一步培育名师、打造名课。二是围绕提升红色地标行走路线党课(星火之源照初心、红旗飘扬启新程、城市更新惠民生)质量,进一步优化行走路线、拓展红色内容、升华党课主题。三是把丰富的红色资源作为对干部进行党性教育的"教室""教材""教师",加大相关课程的比重,改进教学培训方式,进一步提升党性教育的科学性和有效性。

# 从五个方面着力 推动履职服务水平新提升*

我到区人大来工作至今刚好满3周。从区委党校到区人大常委会研究室，这个工作跨度还是有点大的。这3周时间我抓紧学习有关会议和文件精神，学习人大相关业务知识，边学边干，对于人大各项工作的具体内容和专业话语还在熟悉过程中，主要是从文字上审看修改由研究室起草的各种文稿。下面，我结合发言稿简要谈一下对研究室工作的粗浅认识和对做好研究室工作的一些初步想法。不妥之处，请大家批评指正。

## 一、对于区人大常委会研究室工作的粗浅认识和感受

一是工作任务比较繁重。研究室的职责是服务，有文稿方面的服务、会议方面的服务，还有宣传方面的服务，这些职责

---

\* 本文是笔者2021年12月在黄浦区人大学习讨论会上的交流发言。

任务说到底就是写材料。有工作报告、调研报告、领导讲话稿、会议主持稿等，还有宣传工作的一刊一网一讯一平台等。这段时间文稿的量比较多，一档接一档，研究室起草的大大小小的稿子有二十几篇。

二是工作基础和工作环境比较好。第一个体现是研究室有很好的工作基础，各项工作流程很顺畅，大家心齐劲足能吃苦，研究室的同志几乎天天加班，毫无怨言；第二个体现是工作人员的素质高，写作能力比较强，出手快质量高，比我写得好；第三个体现是领导很关心很重视。11月26日，区人大常委会主要领导专门找起草文稿的几位同志集体谈心谈话，明确工作职责和当前任务，既提出工作要求，也体谅我们工作的辛苦，还指导我们具体的工作方法。这段时间，就区人大常委会工作报告等具体文稿的修改完善，常委会主要领导多次与我们一起听取人大代表的意见建议，并就有关文稿的板块结构、主要观点等谈思路提要求，给文稿起草的同志以鼓励和鞭策。

三是工作要求和标准比较高。写文章这件事情，即使不是最难的事情，也是比较难的事情。现实中，我们听人家讲话，看人家写的文章，有时会发现"好看的，不好吃""好吃的，不好看"。所谓"好看的"，就比如一些所谓专家学者写的文章，站位很高，理论上都正确，但不接地气、不能解决问题、不管用。所谓"好吃的"，就比如一些基层工作者写的文章，就讲怎么做，一二三四地讲大白话、大实话、管用的话，但不知道为什么是这样做？为什么要这么办？缺乏政治高度和思想深度。研究室写材料，就是要多搞些"既好看又好吃"的东西，把专家学者的理论与实际工作者的实践打通结合起来，把是什么、为什么、怎么办贯通起来，文字材料要做到顺（文字通顺）、达（主题鲜明、言之成理、逻辑自洽）、雅（文风典雅、有文化底蕴），所以要做好研究室的文字工作实在不容易，可以说有相当的难度！

## 二、对于做好研究室工作的几点思考

2022年，是全面贯彻中央人大工作会议精神、认真落实区第三次党代会部署要求的第一年，是区三届人大及其常委会依法履职的第一年。研究室将进一步明确工作定位和职责要求，主要从以下五个方面着力，推动研究室履职服务水平新提升。

（一）讲政治、谋全局，切实提高工作站位

做好研究室的工作，既要有"身在兵位、胸为帅谋"的意识，又要有"不在其位，善谋其政"的能力。要旗帜鲜明地讲政治，要提高站位谋大局。研究室的同志不是领导，但要站在领导的高度思考问题；不做决策，但要有针对性地提出决策建议。要经常性从常委会领导的站位和高度，主动思考一些根本性、全局性、长远性的问题，研究谋划一些具有战略性、系统性、前瞻性的工作举措。总的就一句话：写文稿的时候要像首长，做具体工作的时候就是小兵。两者的次序位置千万不能搞错了，如果写文稿的时候像小兵，做具体工作的时候像个首长，那就走远了。

（二）强化理论武装、深研细悟，不断夯实学养功底

思想性是文稿的灵魂，是体现研究室同志工作能力和工作水平最重要的标尺。没有扎实的功底、宽广的视野、深厚的学养是做不来做不好研究室工作的。要养成虚心学习、时刻学习的习惯，努力向书本、向实践、向领导、向同事和广大人民群众学习，尤其要加强理论学习。我们说站位的高度也好，思想的深度也罢，是需要由一本一本的经典著作垫起来的。在理论学习上，要强调读原著、学原文、悟原理，要强调多读经少读论（所谓经，就是原著原文；所谓论，就是对经的各种解释，这些解释都带有解释者主观的成分在里面）。要认真研读马克思主义经典著作，深入学习习近平新时代中国特色社会主义思想特别是总书记关于坚持和完善人民代表大会制度的重要思想，当前特别要认真学习中央人大工作会议精神；研究室的同志要把总书记在全国人大工作会议上的讲话作为案头书，反复读、仔细看，切实做到学深悟透、融会贯通。

（三）重视调查、善于研究，持续增强以文辅政能力

调查研究是开展人大工作的重要手段和方法，也是提高人大工作实效的有效途径。没有调查，就没有发言权，更没有决策权、监督权。调查研究作为研究室最重要的一项职责，要重视调查，要抽出时间、见缝插针走访基层一线、人大代表，了

解真情况，真了解情况。要善于研究，认真梳理素材、提炼经验、理性思考。一是工作要跨前。要体现研究工作的前瞻性，尽可能早半拍、快半拍，做到未雨绸缪，做好研究储备。二是选题要精准。要准确把握领导关心、社会关注和民生关切的热点和难点问题，选题方向要与区委中心工作保持一致。三是方法要灵活。要注重方式方法的灵活性，既可以听取部门汇报，也可以征求代表建议，更应深入社区倾听民意，切实把情况摸清楚、把问题找准确，为有针对性地研究问题奠定坚实的基础。四是研究要创新。要充分学习借鉴外省市的好经验、好做法，充分吸收专业研究机构的研究成果，在机制创新、实践创新等方面形成一些新理念、新思路，探索一些新路径、新方法。五是成果要有突破。要坚持问题导向、效果导向，把原因分析透彻，把对策建议提精提实，形成一些破解发展难题的高质量调研成果。

（四）把正方向、出新出彩，全力构建大宣传工作格局

人大宣传工作无论是在党的宣传工作中，还是在整个人大工作中都占有越来越重要的地位。一是要突出重点。宣传好人民代表大会制度理论和实践创新成果，宣传好"全过程人民民主"重大理念的深刻内涵和黄浦的生动实践，宣传好区三届人大一次会议和新一届人大代表依法履职的风采和成效，扩大人大工作的社会影响力。二是要优化方式。努力把握人大工作与公众生活联系的"结合点"，围绕区人大及其常委会工作的新

探索、新实践,积极开展整体策划,增强宣传工作的前瞻性、计划性和有效性。要进一步提升《黄浦人大》内刊的报道深度、网站的报道速度、APP的报道融合度,为代表知情知政、履行职责提供信息服务和支持,为密切人大与社会公众的联系发挥好桥梁纽带作用。三是要主动作为。加强与市级及以上新闻媒体、市人大宣传部门和区融媒体中心的联系沟通和协作,做到经常对接、定期通气,推动履职和宣传联动,推进线上和线下联动,进一步提升宣传工作水平。

(五)沉静身心、担当奉献,着力提升整体工作水平

研究室工作是一件难差事、苦差事。作为研究室工作人员,就意味着要告别朝九晚五的规律生活,要坐得住冷板凳,沉得下恬静心,受得了委屈,守得住寂寞。文稿工作是一项高强度的脑力劳动,需要丰厚的知识积累、艰辛的理性思考和守灯熬夜、挨批吃苦的奉献精神。要练好看家本领,起草文稿精心谋篇布局、提炼观点固然重要,做到条理清晰、表述准确、文字凝练、数据翔实更应该是研究室同志的基本功。文章不厌百遍改,要用心琢磨逻辑结构是否严谨,反复斟酌遣词造句是否合适,仔细推敲引经据典是否完整、恰当,不断提升以文立身的看家本领。要增强艺无止境的精品意识,文字材料是个技术活、手艺活,没有最好,只有更好。写文章哪有什么出口成章、倚马可待的轻松浪漫,有的是"两句三年得,一吟双泪流"的折腾艰辛,有的是"文章千古事,得失寸心知"的打磨

修炼。要养成严谨细致的工作作风,切实做到"文经我手无差错,事交我办请放心",努力把研究室团队的积极性调动好、潜力挖掘好、活力激发好,以更加饱满的工作热情和严谨细致的工作作风,把各项工作做实、做深、做细、做扎实,不断提升研究室工作整体水平。

# 念好"五字诀" 进一步加强和改进研究室工作[*]

结合在区人大常委会研究室一年多的工作，我就做好研究室工作，谈五个方面的体会。

一要眼观六路，关键字是"学"。一是要学习上级的要求，把握全局大势。要认真学习习近平总书记、市委区委主要领导和全国人大、上海市人大主要领导的重要讲话和指示批示精神，善于从政治上观察、思考和分析问题，提高政治站位、胸怀"国之大者"。二是要学习法律法规，把握人大视角。监督、重大事项决定、重要人事任免、立法参与等是区级人大及其常委会主要的职责，工作中要依法用法，说话时要讲法言法，建言立论要把握好人大视角、人大思维。三是要学习区情区政，把握中心大局。要全面学习黄浦的区情区政，深刻把握党委的中心工作、大局大事，确保党中央和市委、区委决策部署到哪

---

[*] 本文是笔者2022年12月在黄浦区人大学习讨论会上的交流发言。

里，人大工作就跟进到哪里，人大职能作用就发挥到哪里。四是要学习基层的实践，接地气添活力。要认真学习各街道、各部门、各单位的创新实践和鲜活经验，要虚心向人民群众学习，人民群众当中有无穷的智慧和力量，老百姓是真正的语言大师，老百姓的话最生动、最有生活气息。关于学习的途径，可以向书本学习、向网络学习、向领导和同事学习、向实践学习等。我们研究室的同志不能整天待在办公室中闭门造车，要眼观六路、耳听八方，尽量争取时间多到基层去调研，多到实践当中去了解情况，从火热的社会生活中汲取丰富的营养，这是做好研究室工作最重要的基础。

二要用心琢磨，关键字是"思"。第一，要琢磨文章主题，解决写什么的问题。写文章什么最重要？写文章最重要的是立意，也就是文章的主题，此乃"驭文之首术，谋篇之大端"。一切的一切，都是为了让人知道你想说什么。要把文章的主题主旨、中心思想思考清楚琢磨明白，有了正确的思想观点，鲜明的主题主线，文章就能立得住、站得稳。思考文章的立意时，境界要高、格局要大、视野要宽，同时要紧密联系黄浦的区情实际，着眼于推动问题解决，着眼于推动工作开展。第二，要琢磨谋篇布局，解决怎么写的问题。比如，先写什么，后写什么；什么要重点写，什么要简略写。谋篇布局要用心筹划、巧妙安排。用心琢磨的过程就是我们思考谋划的过程，就是写文章打腹稿的过程，在这个过程中要注意把握好政治站位问题（要有较强的政治判断力、政治领悟力、政治执行力和政治敏锐性）；要把握好人大职责定位问题（人大的职责是监督、是助推、是助力）；要做到观点鲜明清晰（不能让人云里雾里的）；要注意层次清晰、结构严谨（做到言之成理、逻辑自洽）。

三要反复打磨，关键字是"磨"。反复打磨，要在三个层面上不断反复，真正实现"三个清楚"，第一个是想清楚，第二个是写清楚，第三个是讲清楚（读清楚）。经过用心谋篇布局打好腹稿后，好像想清楚了，结果一写下来，才发现问题很多、漏洞百出，自己根本就没想清楚，就得继续想继续磨。有时候感觉自己想清楚了，也写清楚了，再读一遍讲一遍，结果发现很多地方并没有写清楚、表述清楚，就得再返回去继续磨。所以想清楚—写清楚—讲清楚是一个反复再反复的过程。文章不厌百回改，反复推敲佳句来。要在谋篇布局、反复思考、挥毫落笔、推敲打磨中，倒逼我们的思维层次不断提升、眼界格局不断拓展、文字功力不断厚实。要在三个"磨"上下功夫：一是磨思想观点，看文章的思想观点是不是站位高远、出新出彩（既要避免哗众取宠，又要力避陈词滥调）；二是磨内容的对应性，文章的标题与下面内容是否联系紧密（力避观点与内容脱节），要形成环环相扣、上下衔接、首尾呼应的内在整体；三是磨文字的精准、表达的恰当，做到观点鲜明、言之有物、文字凝练、明白晓畅，让人看得懂、记得住、用得上。

四要日事日清，关键字是"清"。研究室工作加班加点是难以避免的，研究室的同志要尽量做到日事日毕、日事日清。但有些大块的文章做不到日事日清，比如党组课题报告、年度工作报告等大的材料一两天是写不出来的，前期谋划的时间、琢磨的时间、打腹稿的时间长一些，动笔写了就要集中精力争取三五天或一周内完成初稿，之后再来打磨。需要同时面对较多文稿任务时，按照先易后难、先短后长的原则来处理，尽量避免大批量文稿任务压在手头上。要合理安排学习、调研、写稿等各项工作任务，善于劳逸结合，做到张弛有度。要尽量优质高效地工作，以争取能有更多的时间来学习吸纳新的知识、新的养分。

五要凝心聚力，关键字是"合"。研究室的工作看起来就是埋头写稿，实际上它牵涉到人大工作的方方面面，所以一定要凝心聚力，形成工作合力。一是要加强内部协作，尽量设置"AB角"，明确工作分工和侧重点，主动连好前后，写初稿的、核稿的、把关的，各环节前后之间要加强协作，要牢固树立我是最后一道关的理念，养成人人把好最后一道关的良好习惯。二是要加强与市人大研究室、区委研究室、一府一委两院相关部门以及街工委的联系沟通，要紧紧依靠区人大各委室的支持和帮助，积极争取领导的指导，依靠各部门、各委室的支持，加强内部的分工协作，统筹谋划、踏实工作，不断提升以文辅政的能力和水平。

我讲的这五个方面体会，并不是说我们研究室在这五个方面已经做好了，恰恰相反，说明我们在这些方面仍有较大的差距。"学、思、磨、清、合"5个字，就是我们研究室同志明年需要进一步加强和改进的工作方向与重点。

# 树牢以文立室理念　做强以文辅政主业　推动研究室工作上新的台阶[*]

研究室是区人大常委会的综合办事机构，研究室同志是以调查研究和材料写作为主要职责任务的。谈起研究室的工作，人们常常会说两句打趣的话：研究室的活不是人干的；研究室的活不是人人都能够干的。第一句话是完全错误的，研究室的活就是人干的；第二句话是基本正确的，主要是说研究室的工作很苦、很累，要胜任研究室的工作需要有较高的政策理论水平、扎实的文字功底、很强的奉献精神。

回顾 2023 年研究室的工作，可以用两句话八个字来概括：（1）很不容易。研究室在即将过去的一年，大部分时间都没有齐装满员，据不完全统计，全年成稿超 2000 页（如果算上修改的，工作量要翻好几倍）。（2）还不给力。撰写的材料数量多，但高质量的文稿不多，整体文稿水平与领导的要求、

---

[*] 本文是笔者 2023 年 12 月在黄浦区人大学习讨论会上的交流发言。

与研究室的职责、与同志们的期待相比还有差距。

2024年，研究室将从四个方面着力，树牢以文立室理念，做强以文辅政主业，发挥好参谋助手作用，着力加强能力建设，不断提升工作水平，为推进人大工作高质量发展作出积极贡献。

## 一、提高站位、兵位帅谋，找准履职尽责"坐标系"

站位决定格局，高度决定视野。研究室的同志要着力提高政治站位，淬炼对党忠诚的政治品格，深刻领悟"两个确立"的决定性意义，增强"四个意识"，坚定"四个自信"，做到"两个维护"。在文稿起草中，要坚持把人大工作放在全区、全市乃至全国的大格局中审视和定位，准确把握大方向、大原则、大目标，吃透上情、摸清下情、了解外情、把握内情，以宽广的视野、前瞻的眼光、系统的思维谋篇布局，切实把好文稿的政治关、政策关、法规关。在具体工作中，要"身在兵位，胸为帅谋"，善于从全局的高度、领导的角度去看待分析和处理问题，主动思考谋划一些全局性、长远性、创新性的举措，多下"及时雨"、不放"马后炮"，当好参谋助手，服从指挥调度，自觉围绕区人大常委会工作大局，勤勉履职、优质服务。

## 二、勤学苦练、增强本领，夯实以文辅政"基本功"

理论素养是干部最根本的本领，文字能力是研究室同志最核心的能力。研究室的同志要自觉强化理论武装、厚实理论功底，认真研读马克思主义经典著作，深入学习习近平新时代中国特色社会主义思想，特别是习近平法治思想、习近平总书记关于坚持和完善人民代表大会制度的重要思想和全过程人民民主重大理念，当前特别要认真学习习近平总书记考察上海重要讲话精神，自觉用新时代党的创新理论观察新形势、研究新情况、解决新问题。要多读书、读好书，学习宪法法律、人大业务等各方面基础性知识，学习同做好本职工作相关的新知识新技能，不断提升自己的综合素养。要勤钻研、多练手，材料是一字一字敲出来的，好文章是一稿一稿改出来的，其中甘苦难以与外人道，唯有守灯熬夜、多写多练、在干中学、在学中干，在实践中学真知、悟真谛、增本领，从而不断增强履职担责的看家本领。

## 三、重视调查、善于研究，下好谋事成事"先手棋"

调查研究是谋事之基、成事之道。没有高质量的调查研究作为前提和保障，是写不出高质量的文字材料来的，参谋助手作用的发挥也就无从谈起。研究室的同志要重视调查，扑下身子，深入一线，多到部门走走，多到企业走走，多到街道走走，多到社区走走，了解真情况，真了解情况；更要善于研究，认真梳理素材，深入分析，理性思考，提出破解工作难题、推动事业发展的良谋实招。要聚焦全区中心工作和区人大常委会重点任务科学选题，做好前瞻研究；要坚持眼睛向下、沉到一线，切实把情况和问题摸清弄透；要对调查所掌握的材料进行系统分析和整合，把零散的认识系统化，把粗浅的认识深刻化，将"说新话"与"提实策"相结合，力求出的点子、提的建议有新理念、新思路、新方法，能有效服务区人大常委会领导科学决策和相关工作的落实推进。

## 四、担当奉献、精益求精，交上优质高效"合格卷"

研究室是为领导决策服务的智囊智库，是出点子、出思路、出成果的地方。研究室同志要不断提升"小岗位""大担当"的精神境界，守得住寒窗孤影，耐得住青灯寂寞，增强勇挑重担、默默奉献的吃苦奋斗精神，让任劳任怨、敬业奉献成为每一名研究室干部的鲜明特质。要发扬求实务实的作风，以极端负责、极其用心、极为精细的精神，务实改进文风，做到细微之处见精神、细节之间显水平。要秉持文稿"工匠精神"，把出精品作为一贯追求，以"重任在肩"的使命感、"放心不下"的责任感、"马上就办"的紧迫感，以饱满的工作热情和严谨细致的工作作风，把各项工作做深、做细、做扎实，起草好每一篇文稿，完成好每一项任务，努力交出合格答卷。

# 赶考印迹

人的一生要经历无数的考试，我们都是答卷人，当然也有时出卷考别人。有的考试是为了获取毕业文凭，有的考试是为了获得工作岗位；有的考试是主动去考，有的考试是被动参加；有的考试公布成绩，有的考试并不公开分数；有老师考学生，有上级考下级，也有群众考干部，更多的是彼此间相互观察打量，在心里默默打分……如此种种，不一而足，直到人生的终点，还不忘对这人一生的表现给个考试成绩。笔者数十年来，曾通过考试先后获得中专、大专、本科、研究生毕业文凭。较为特别的是，为了争取更大的工作平台，笔者曾主动参加了十几次公选竞聘考试，均无功而返，但这也是人生一份难得的经历。赶考的结果固然重要，在赶考的过程中我们不断成长，日益成熟，或许这才是赶考的真正意义所在。愿大家都能在自己人生的赶考之路上取得不俗的成绩。

# 南平给了我机会
# 我将还南平一个惊喜*

首先，非常感谢南平市委、市政府为年轻干部提供了一次平等竞争的机会，使我有幸能从众多的竞争者中脱颖而出，从而有机会与大家一道共同为南平的人事人才事业奉献自己的青春和力量。

我从农家走来，农民的秉性告诉我，滴水之恩、知遇之恩，当涌泉相报；我从大山走来，大山赋予我脚踏实地、坚忍不拔的性格。自17岁那年中师毕业参加工作至今，我的学历层次一步一个台阶：中师毕业后，参加自学考试获汉语言文学专业的大专文凭，后又参加中共江西省委党校理论班脱产学习两年获大学本科文凭。工作经历一步一个脚印：先后担任小学教师、教导主任、校长，县委组织部组织科科长、干部科科

---

* 2000年12月，我参加福建省南平市人事局副局长岗位的公开选拔，获得笔试第二名，面试第一名，入围最后阶段的考察。这篇文章是公开选拔面试时，模拟就任南平市人事局副局长时的施政演讲。

长、县委组织员。工作业绩一处一个新佳绩：从事小学教育时，曾荣获赣州市（18个县、市、区）青年教师优质课竞赛一等奖，创造了石城教育史上的新纪录，所管理学校的办学水平始终列全县同级同类学校的前茅；在省委党校学习期间，担任理论班党支部书记，被评为"优秀学员""优秀学员干部"，荣获第一届、第二届"江西党建奖学金"；在县委组织部工作期间，1997—1999年连续3年被中共石城县委评为"优秀公务员"，受到晋升级别工资的奖励。

"老老实实做人，勤勤恳恳工作"是我的座右铭。

"自信人生二百年，会当水击三千里"是我的人生信条。

"服务社会，奉献社会，在为社会作贡献中实现自我价值"是我最大的心愿。

尽管我初来乍到，对南平的风土人情、资源物产，特别是对全市的人事人才状况还知之不多、知之不深，但我对胜任人事局副局长这个岗位还是充满了信心。因为我有比较扎实的理论功底，较为丰富的组织人事工作实践经验，较强的开拓工作局面的能力，风华正茂的年龄优势；更有市委、市政府唯才是举的胆识，市人事局上下齐心、团结协作的工作氛围，这些都为我熟悉新岗位、适应新工作、开拓新局面奠定了良好的基础。

以人为本的现代理念使我深知这个岗位的重要，人事制度正在进行全面的改革，使我深知这个岗位责任重大。重要的岗位、重大的责任，让我如临深渊，如履薄冰。在今后的工作中，我将围绕一个目标，奋力拼搏，努力实现五个合格。

这个目标就是围绕努力提高人事人才工作的服务水平，把握好培养、吸引和使用好人才这一主线，做好盘活存量人才资源、重视二次人才开发、大力引进人才智力、健全完善人才市场四篇文章，努力建设一支宏大的高素质的人才队伍，为南平市跨世纪发展提供人才保障和智力支持。

这次到南平来任职，我还带来了五样东西，力争实现五个合格。

我带来了一个笔记本，好学不倦，努力做一名合格的学生。作为人事系统的一名"新兵"，我将认真地向书本学习，我将虚心地向领导、专家、同事们学习，我将深入实际调查研究，虚心地向群众、向实践学习，以尽快熟悉情况、适应岗位、进入角色。

我带来了一颗诚挚的心，坦荡待人，努力做一名合格的战友。这颗诚挚的心是用来和大家共事的，我会摆正位置支持局长的工作，我会摆正位置配合同事的工作，我会摆正位置团结大家一道努力工作。我坚信：我们这个集体会因为我的加入而更加团结，会因为我的加入而更有力量。

我带来了一双勤劳的手，勤奋工作，努力做一名不倦的耕耘者。人事工作无小事，我将围绕人事工作的两个调整，以加强"三个体系"建设、深化"三项制度"改革为主体，以抓好"三个环节"、建设"三支队伍"为重点，恪尽职守，善为筹谋，真抓实干，为构筑一个支撑闽北经济和社会发展的人才高地而努力奋斗。

我带来了一个聪慧的头脑，锐意进取，努力做一个勇敢的开拓者。这个聪慧的头脑将用来学习理论，钻研业务，革故鼎新，理性思考。针对我市存在的人才资源密度偏低，人才结构、分布不够合理，高学历、高职称人才偏少、年龄偏大等问题，敏锐地把握人事人才工作改革的方向和趋势，兴利除弊，勇于探索。努力在思想观念上创新，以市场作为配置人才资源的基础性手段；努力在政策措施上创新，以更加宽松的环境，吸引八方才俊来为南平的事业献计出力；努力在运行机制上创新，促进人才的合理有序流动，充分发挥现有人才的潜能；努力在日常管理上创新，改善服务质量，提高工作效率，开创一个人才辈出、人尽其才的新局面。

我还带来了一面小小的镜子，廉洁从政，努力做一名人民满意的公仆。我深知权力是党和人民赋予的，全心全意为人民服务，自觉接受党和人民的监督，是对每一位领导干部的基本要求。这面小小的镜子将用来时时观照自身，做到"手不伸、嘴不馋、头不歪、眼不斜"，立党为公，掌权为民，自重、自醒、自警、自励。

同志们，新世纪的春天正健步向我们走来，南平新一轮创业的号角已经吹响，让我们一起为春天欢歌！让我们一起为创业添彩！

南平给了我一次机会，我必将还南平一个惊喜！

# 忠诚履职　担当奉献*

感谢各位考官给我一个陈述的机会,我竞聘综合干部处副处长这个职位具有以下几方面的优势。

一是政治上成熟可靠,具有较高的政策理论水平。本人在党校和组织部门学习、工作多年,经受了严格的党性锻炼,具有较为扎实的马克思主义理论功底和一定的政策理论水平,善于从政治的高度、全局的角度来观察、分析和解决问题,具有较强的政治敏锐性和政治鉴别力,视野宽广,思想健康,公道正派,为人真诚,善于团结同志一道工作。

二是曾在多种工作岗位上锻炼,有较为丰富的工作经验和较强的组织领导能力。我的学习经历是一步一个台阶,恢复高考后的第一届小中专毕业、自考大专、脱产本科、在职研究生。工作经历是一步一个脚印:从事教育工作,担任过小学教师、教导主任、校长;从事组织工作,担任过县委组织部组织

---

\* 2010年10月,我参加中共上海市委组织部综合干部处副处长岗位的公开选拔,入围面试。这篇文章是在这一岗位公开选拔面试时的演讲。

科科长、干部科科长、县委组织员；从事行政管理工作，担任过办公室副主任、主任、干部教育科科长。熟悉机关工作程序和管理特点，有较丰富的工作经验，较强的分析和解决问题的能力，在各个不同岗位均取得出色成绩。在江西工作期间，曾连续三年被评为优秀公务员；在卢湾工作期间，年度考核4次被评为优秀，其中记三等功2次，嘉奖2次。

三是熟悉组织人事工作业务，具有干部管理工作经验。担任过组织部门的组织科科长、干部科科长，也担任过党校教师和培训班班主任，熟悉区县、乡镇的工作实际，了解基层干部的思想心态，对加强领导班子建设和干部的培养教育、选任调配、考核考察、管理监督等干部管理工作业务，有比较全面的认识和把握，熟悉相关的工作环节和工作流程。考虑问题比较周全，处理问题比较稳妥，工作思路清晰，作风严谨细致，善为筹谋，甘为人梯，既严谨规范，也勇于创新，有较强的开拓工作局面的能力。

四是具有强烈的事业心和高度的责任感。长期在基层单位从事具体的实际工作，也有机关工作经历，无"官相官态"，无"官腔官气"，有吃苦耐劳的韧性和拼搏争先的斗志。事业心责任感强，勤学善思，工作中办法点子较多，勇于担责，善于作为，是一个会干事、善办事、能成事的干部，是一个政治上让组织放心、工作上让群众放心的干部。

综观我自身的情况，我认为我有条件、有能力胜任综合干部处副处长的工作。如果我竞聘成功,我将做好以下几方面的工作。

第一,虚心好学,做一名学习型干部。随着社会主义市场经济体制的不断完善和干部人事制度改革的不断深化,领导班子和干部队伍建设也面临着许多新情况、新挑战。为此,我将认真地向书本学习,虚心地向领导、同事们学习,深入实际调查研究,虚心地向群众、向实践学习,以尽快熟悉情况、适应岗位、进入角色、发挥作用。

第二,勤奋工作,做一名实干型副手。贯彻落实好中央、市委关于干部工作的决策部署,根据市委组织部领导的要求和综合干部处的职责分工,协助处长做好本市干部宏观管理方面的政策制定、组织实施和工作指导,做好本市援边干部的选派、轮换、安置等,把握工作重点,善抓工作落实。作为副手,我会摆正位置,支持处长的工作,配合同事的工作,团结大家一道努力工作。我希望,综合干部处这个集体会因为我的加入而更加团结,会因为我的加入而更有力量。

第三,锐意进取,做一名开拓型领导。上海要实现"四个率先"、建设"四个中心"的宏伟目标,对全市各级领导班子和干部队伍建设提出了新的更高的要求。作为一名组织系统的领导干部,我将立足岗位实际,充分发挥职能作用,恪守选贤任能的政治责任,求真务实,开拓进取,带过硬队伍,建模范部门,努力适应新要求,迎接新挑战,创造新业绩。

第四，清正廉洁，做一名人民满意的公仆。我深知，权力是党和人民赋予的，要牢固树立"权为民所赋、权为民所用"的正确权力观，坚持知人善任、甘为人梯的职业操守，弘扬淡泊名利、清正廉洁的优良作风，不为名位、私情所累，不为物欲、金钱所惑，自觉做到立党为公，用权为民，自重、自醒、自警、自励，慎权、慎行、慎微、慎独，让党放心，让人民满意。

# "五抓六讲"重在落细落实*

我是恢复高考后的第一届小中专毕业生，14岁初中毕业考取师范学校，17岁毕业参加工作，工龄30年了，做了9年的乡村教师，在家乡的组织部门工作了5年多，来上海在区委党校工作已经15个年头了。

"五抓六讲"是区委紧密结合黄浦实际，对"三严三实"要求的延伸、拓展和具体化。"五抓"贯穿着"三严"的思想，"六讲"细化了"三实"的要求。"五抓"的核心在于"严"，抓而不紧，抓而不严，不如不抓；"六讲"的关键在于"行"，在于落实，光讲不做，光说不练，半点马克思主义都没有。由此，我想到了毛主席的一句名言："世界上怕就怕'认真'二字，共产党就最讲认真。"毛主席讲的"认真"，习近

---

\* 这是2015年7月22日，我在参加由中共黄浦区委主要领导主持的干部专项调研面谈时的发言，面谈题目是：请根据"三严三实"的要求，围绕区委提出的"五抓六讲"，联系自己所承担的工作实际，谈谈自己在推进工作方面有哪些好的做法？还存在哪些薄弱环节，如何改进？

平总书记讲的"三严三实",区委提出的"五抓六讲",弘的是同一个道,讲的是同一个理,这就是要老老实实地修身做人,要踏踏实实地干事创业。

我是从事干部教育培训工作的,下面结合几个小事例,汇报一下自己在推进工作中的一些做法和感悟:

一是平凡普通的工作要十分注重落细落小。2014年下半年,我作为班主任带领处级班学员赴井冈山开展党性教育,要在井冈山上组织一次入党宣誓活动,我起先觉得这件事很简单,可结果是:因为我们每人带了一枝鲜花,陵园的保安不让进入,说是违反了烈士陵园不得自带其他物品入园敬献的规定,经与园方沟通协调,十几分钟后队伍才得以入园;领誓的是一位年长的老同志,声音比较小,有些短句两句连着一起领读,林林总总的状况,使宣誓活动的效果大打折扣。这事对我触动很大。由此,我认真了解园方的管理规定,对宣誓活动的每个环节、每个细节考虑周全、落实到位,比如:挑选最挺拔的军转干部学员抬花圈,安排4位女学员展示党旗,挑选中气足、声音洪亮的党员领誓等,此后各期处级班、中青班的宣誓活动,都十分严肃庄重,三四十人的宣誓声震彻山谷,每次都引来许多现场参观者驻足观看。细节决定成败,能否在具体的实施执行过程中,落小落细往往决定着工作的最终成效。

二是严抓严管要十分注重落地落实。党校培训最难抓最难管的是学员的出勤。处级班曾有位学员,天天到课,但几乎每天迟到。发现这一情况后,我就每天去校门口迎接她,当接到第三次时,这位学员自己都不好意思了,我半开玩笑地说,只要您迟到,我还到校门口来迎接您!自此以后,这位学员再也没有迟到过,据说回单位后,她爱迟到的习惯也有所改变。严不能只停留在口头上、纸面上、制度上,要盯着不放,绵绵用力,才能真正使相关规定要求落地见效。

三是教育引导要十分注重适时适度。教育的时机把握很重要!记得有一期处级班去青浦监狱开展警示教育,临时受命,校领导让我在活动结束时在监狱现场给学员讲几句话。结合当时的情景,我说,人们在两个场合心情会特别沉重,一个是参与追悼会,会觉得生命的宝贵;一个是在监狱,会觉得自由的可贵。我们现在青浦监狱,斜对面就是福寿园,我跟学员们讲了三个字:第一个字是"敬",要敬畏法律,敬畏人民,敬畏历史;第二个字是"慎",要慎初、慎微、慎独;第三个字是"安",做人做事要求心安,心安才能身安,身心俱安才能身体健康。如果离开了那个独特的环境、场合,这番言语一定是空洞的说教,但就因为独特的现场,那天的教育效果特别好,让每位学员都印象深刻。

当然,自己在工作中还存在一些差距和不足,比如,对于严与实的把握有时紧时松的现象,如果能够一以贯之,更多些一抓到底的勇气和韧劲,可能许多工作会比现在做得更出色、更出彩。

# 岁 月 悠 悠

人生如白驹过隙，我们每个人都要经历婴幼儿时期，然后是少年、青年、中年，再慢慢步入老年时期，这是一个不可逆的自然的历史的过程。在这个过程中，我们送别自己的爷爷奶奶、父亲母亲，我们养育自己的孩子，陪伴他们逐步地成长成熟。人的一生如果说有什么意义的话，那就在于承上启下共同把人类的基因延续下去，就在于一代接续着一代把优良的家风家教，把仁爱、善良、诚信、孝顺等宝贵的精神品格传承下去。

# 忆 父 亲

父亲是 2023 年 10 月 3 日凌晨在家中安然离世的。此前的 5 月中旬，父亲突患中风，丧失了自理能力，全靠家人和护工 24 小时陪护、照顾他的生活起居。这给一辈子都自尊要强的父亲极大的打击，他曾一度不愿意接受医院的治疗。10 月 1 日下午，我从上海急切地赶回家中，陪护在父亲身边，当时父亲的身体已极度虚弱，但头脑很清醒。我握着父亲的手，看见父亲的眼中噙着泪花，他终于回到了他自己建造的生活了几十年的房子里，他也等来了离家最远的儿子回来送他最后一程。10 月 3 日凌晨 1 时许，父亲在睡梦中安详地离开了人世。从此，对于我们 8 个兄弟姐妹而言，再无慈父将儿唤，再无父爱问冷暖，往后余生再也没有父亲可以问候、可以孝顺、可以依靠了。

父亲幼时孤苦。父亲 1939 年 8 月 29 日出生，名叫黄治声，曾用名国卿、国琴，治声这个名字，是父亲 30 多岁时自己改定的。父亲幼时失怙，出生仅 3 个多月，爷爷就在日军轰炸中牺牲在江苏宜兴的抗战前线。于是，奶奶带着父亲和只有几岁的大伯，历尽艰辛千里返乡，在返回石城的途中，若不是奶奶的坚持，父亲差点就被送人了。回到奶奶的老家石城后，父亲随着奶奶改嫁县城的爷爷一起生活。数年后，县城的爷爷因病去世，父亲又随着奶奶改嫁石昌下的爷爷一起生活。幼年时期的父亲，身边没有兄弟姐妹（大伯被送回奶奶在屏山镇盘龙岗的娘家亲人抚养，几年后因病早夭。奶奶与县城爷爷生育的两位姑妈也被送给了别人抚养），也没有安定的家庭生活环境，小小年纪随着奶奶颠沛流离、寄人篱下，其内心的凄苦、孤寂和无助是可以想见的。

父亲求学不易。父亲年幼时在本村上过若干时段的私塾，中华人民共和国成立后，父亲入读小学。因为父亲是由奶奶带过来的，不是爷爷亲生的，但爷爷身边就这么一个孩子，指望着父亲传承黄家的香火，所以在父亲读书这件事上，爷爷的心态是很矛盾的，他不是特别上心支持父亲上学读书，担心父亲学业有成就跑了。父亲小学毕业后，经居住在邻近村子的一位同学多次相邀后，私下求得奶奶默许，两人偷偷报考了石城初级中学，考取之后由奶奶出面做爷爷的思想工作，父亲才得以上初中。父亲报考高中是在1958年，那年石城县第一次设立高中部，只招收了两个班，录取的新生名单在县城张榜公布，成为全县的重大事件。父亲考取高中的事，爷爷是在他县供销社的同事们看榜后向他道喜时才知道的，也就没有更多的理由不同意父亲继续上学了。高中阶段的学习，既帮助父亲度过了三年困难时候（即使是困难时期，国家政府对于在校学子的生活保障也是比较好的），也因读高中救了他一命。在高二年级的下学期，父亲突发疾病，十几天高烧不退，校长求得县长特批，免费使用当时特别紧缺的退烧药品，父亲才得以脱险并痊愈。于是，父亲在1960年4月休学了，从此结束了他那艰难的求学之路。在二十多年之后的二十世纪八九十年代，当时作为民办教师需要提供毕业文凭，经父亲当年高中时的班主任、县人大常委会邓副主任出具证明，石城中学给父亲补办了一张高中毕业证书，这是父亲求学取得的最高学历。

父亲一生劳苦。父亲长得比较文弱，不是体格特别健壮的那种，但他是家里唯一的全劳动力，孩子们要吃饭、上学、有居所，养家的重担由不得他有别的选择，再苦再累再难的活他都得去干。在我儿时的记忆中，曾两次见过父亲在烈日下劳动时中暑晕倒在地。为了能增加一些粮食和收入，父亲一直承接着周边好几个生产队年终的会计核算任务，父亲去大队的专业队里修过数年河堤，做过每天步行几十里路了解全大队"双抢"进度的统计员，去宁都的固村、固厚等地贩卖过鸡鸭。父亲白手起家，节衣缩食，将一分钱掰成两半花，先后在石昌下、樟树坪数次建房造屋，挖地基、捡石头、制土砖、买木料……流了无数汗水，历尽万般艰辛，让孩子们有了居身之所，为孩子们撑起了一片天。父亲后来在村里的小学做了一名民办教师，从此就更是一年到头都没有休息日了，在学校他是骨干教师，在家里他是全家十几亩责任田的主要劳动力。父亲与母亲一起，辛苦劳作、合力打拼，为孩子们遮风挡雨，让孩子们生活在一个安定、温暖、有爱的家庭环境中，顺利完成了8个孩子的养育和成家立业这一巨大而繁重的任务。

父亲隐忍坚强。父亲是位家庭成分复杂的"外来人"，石昌下的爷爷又在外上班，不在本地生活，因此，在当年的日常生产生活中，父亲只能处处谨言慎行，有时甚至需要吃亏避让，才能护一家的平安周全。父亲在读过高中之后，曾经在大畬农中做过校长，后来农中解散时他就自动回家种地了。我们家经过公社大队批准的宅基地，因邻居阻挠不让建，就只好在远离村庄的地方，另寻地址开基建房。我记得，小时候帮生产队养得好好的鱼塘，隔年就成了别人家的了；有一年天旱，几亩长势喜人正处于灌浆抽穗关键时期的稻田，因本该放水灌田的塘主阻拦，最后颗粒无收。对于这些事，父亲有过抗争，但大多选择隐忍退让，父亲也常常用"忍得一时之气、消得百日之灾"这样的古训来教育我们。父亲十分珍视民办教师这份工作，这是当时情况下父亲能够找到的最好的工作，但这不是正式编制，是随时都可以被人顶岗、被辞退的。父亲曾担任毕业班主课教师，也曾做过学校的后勤工作，管理学校的伙食，还管理学校的勤工俭学农田。调任黄泥塘教学点工作期间，父亲承担两三个年级的全部教学任务，身兼多职、谦和任事、不计名利，受到学校领导、老师和学生的广泛好评。其间经历了多次考核、筛选，父亲才得以在民办教师这个岗位上转正退休。

父亲治家有方。爷爷虽然只有父亲这么一个独养儿子，但因爷爷一直在外地工作，所以父亲很早就独立挑起了家庭的重担。父亲勤俭持家，与母亲一起，一个主外，一个主内，在那个物资相对匮乏的年代，想尽各种办法，使家里从未出现过无米下锅的窘境，逢年过节也能少量买点肉添个菜，改善一下伙食，保证了8个小孩基本的温饱，并让孩子们接受了当时可能提供的最高程度的教育。父亲善于筹划，随着孩子们逐渐长大，左边加间房，右边添间屋，今年嫁女儿，明年娶媳妇，连续十几年我们家几乎年年都在办大事，让孩子们在适婚年龄顺利地成家立业。父亲孝顺长辈，体谅爷爷敏感反复的心理状态，尊重爷爷奶奶老两口单独开伙的生活习惯，对于爷爷、奶奶、外婆，父亲尽己所能照顾孝顺，宗族中的两位叔婆太也是由我们家负责供养照顾养老送终的。父亲教子严格，年轻时的父亲在孩子们面前极有威严，若发现孩子们有在外惹事、品行有亏的行为，父亲都给予严厉责罚，从不纵容宽宥，所以孩子们打小就养成了勤于任事、团结互助、兄友弟恭的良好品质，传承发扬着勤劳、正派、善良、孝顺的家风传统。从父亲这棵独苗，到如今老黄家已发展成为有60多口人的大家庭了，儿孙荣昌、团结和睦、家业兴旺，成为当地四邻八乡称羡的最美家庭。

父亲智慧宽厚。父亲一辈子节俭，自己很少花钱，但他深谙财散人聚的道理，对子女们没有偏心，始终是一碗水端平，在5个儿子成家后，即把他名下的几处老旧房屋及牛栏猪舍等分到了儿子们的名下，而且每隔几年，父亲就会把攒下来的退休金等钱款均分给子女们。父亲身边少量的余钱，也是子女们应急周转时的钱袋子，只要孩子们有需要，父亲均有求必应。年轻时威严的父亲，在退休之后，遇事不再拍板做主，一切听凭孩子们处理，也不参与、不评论孩子们的家事，生活简单规律，为人随和宽厚。父亲晚年热心参与诸如宗祠修建、红白喜事帮忙、人口普查、纠纷调解等事务，积极参加老年协会组织的各项活动，公道正直、谦和友善，在当地宗亲乡邻当中声誉好、威望高。

父亲教育我、疼爱我。我上小学四年级那一年，父亲成为我们村小学的民办教师，父亲是我小学四至五年级的数学老师，正是父亲当年对我的严格要求打下的扎实基础，使我的数学成绩一直到初中毕业时始终位居年级前列。我现在能写一手不太难看的钢笔字和毛笔字也是受父亲的影响，从八九岁开始，父亲就教我写毛笔字。记得每年除夕，都是父亲带着我写春联、贴春联，有大门上的对联，有房间门上的四字联，也有贴厨房门上、谷仓上甚至米桶上的，还有贴猪牛栏门上的，各式各样总得写上几十副，傍晚时分才把旧的联语扯下来，贴上新的春联，最后把所有扯下来的或者写得不满意的有字迹的废纸，都拿到村旁的小河边烧化后浇水冲走，每次都要忙到晚上九十点钟，整个过程充满除旧布新的仪式感。我记得小时候去外婆家，要走一段山岗小路，父亲背着我往返时的情形。我记得读师范学校时，父亲每个学期都从每月仅有的15元民办教师工资中，或10元或5元给我汇寄一两次钱。我还记得，父亲当年送我去丰山中心小学上班，在丰山圩的桥头，父亲骑上自行车离开时的背影。我更记得，在我人生的低谷、幽暗时期，父亲给予我的无条件支持、鼓励和关爱。

父亲在2023年五一期间还曾跟我说过，他吃饭睡觉都很好，要争取活到90岁。我的内心也一直有个美好的愿景，自己退休后，回到石城去陪伴父亲生活几年，以尽人子之孝。"树欲静而风不止，子欲养而亲不待"，仅仅数月之后，辛苦了一辈子、奉献了一辈子的父亲却永远地离开了我们，我也终究不会再有这个福分——陪伴父亲一起吃饭、聊天、散步……每念及此，都让我愧疚不已、抱恨终天。

父亲，如果有来生，我，还做您的儿子；您，还是我的父亲……

2024年8月26日

# 忆 母 亲

今年是母亲 80 周年诞辰。转眼间母亲离开我们已经 17 个年头了,一直想写点纪念母亲的文字,但每每想起母亲,就思绪纷乱,难以自已,只好作罢。今天是清明节,在这个慎终追远、祭祖扫墓的日子,我又想起了母亲,瞬间思念的泪花模糊了我的双眼。

我的母亲熊碧霞,江西省石城县人,1941 年 5 月出身于当地的大户人家,幼承庭训,家教谨严,知书达理。母亲 8 岁时,因世道剧变,外公弃世而去,母亲是处境艰难的外婆唯一的孩子,母亲和外婆两人相依为命,小小年纪就备尝世人的白眼和生活的艰辛。受家庭出身影响,母亲只上了几年小学便辍学了,大体上算是她那个年代能断文识字的人了。

母亲一生辛劳。母亲与父亲结婚后,养育了 8 个小孩。母亲以瘦弱的身子骨担负着全部的家务,承受着巨大的生活压力,竭尽全力地保护着孩子们在一个温暖、善良、有爱的环境中健康成长,让孩子们接受了当时条件下能够提供的最高程度的教育。10口人的大家庭，做饭、洗衣等家务就够母亲忙活的，每天换洗的衣服都是在家里初洗后，一担担挑着去河边再漂洗，衣服得晾晒满好几根竹竿。在我的记忆中，母亲总有干不完的活，每天总要忙到深夜，母亲是我们家每天起得最早、睡得最晚的人。8个孩子的养育以至成家立业，是一项多么巨大而繁重的任务啊，母亲与父亲一道，一生操劳，克勤克俭，节衣缩食，没有让一个小孩子受到委屈，十分体面地完成了这一浩大的工程。

母亲贤淑能干。母亲善持家会划算，在那个物资相对匮乏的年代，农村经常会出现所谓青黄不接的现象，我们全家每月食用的大米总是用竹筒仔细计量好，每天量米出来做饭时，母亲总要匀一点回米缸里，我们经常是吃不饱饭的，母亲就变着法子，用蔬菜、红薯、芋头等杂粮让我们能基本填饱肚子。因为母亲的统筹，我们家从未出现过断粮的现象。每年过年时没钱买更多的肉，孩子们又总是惦记着过年时能吃肉圆，母亲就在打肉圆时加入豆腐做豆腐肉圆，让孩子们先饱餐一顿。母亲能做一手好菜，家里办酒席，都是母亲掌厨，亲戚朋友家要办个酒席什么的，也总是叫母亲去帮厨。因为家里收拾得干净整齐，母亲又会做菜，上级来的干部多有到我们家吃派饭的。母亲尽管无暇顾及田里的农活，但家里的几块菜地，总是被母亲打理得井井有条、郁郁葱葱，我们家一年四季的蔬菜从来没有断过档。家里小孩多，没有劳动力挣工分，母亲就让孩子们多割草、多出猪牛栏粪挣工分。母亲也是养猪的好手，每年都能喂养出售一两头大肥猪，那可是我们家里最主要的现金收入来源，是我们当年读书的学杂费、过年的新衣裳，也是儿女们成家的彩礼嫁妆钱。

母亲孝顺友善。爷爷奶奶只有父亲这一个儿子，爷爷是供销社一名普通店员，有份微薄的工资收入，所以两位老人的生活还算过得去，他们既想周济我们，又实在无法适应大家庭清苦的生活，各种矛盾纠结，因此跟我们一起生活一段时间后，就又要求单独开伙。在我记忆中，这样的分分合合总有十几次之多，作为儿媳妇的母亲常常成为这事情背锅的焦点，母亲一如既往地孝顺两位老人，并没有因为这样的分分合合在大家庭里、在儿孙们中间与爷爷奶奶产生任何隔阂。宗族里有两位叔婆太，也一直是由我们家供养照顾的，母亲平常总是记挂在心，生日喜庆、逢年过节总不忘请老人家一起吃饭，给她们送些食物和柴火，其中供养照顾的一位叔婆太在90多岁时安然辞世。母亲不仅对亲族长辈孝顺，也与人为善，广积善德。每年盛夏时节，母亲每天都要烧好一大缸茶水，备好茶碗，放置在我们家的屋旁，让过往的路人能喝口凉茶消消暑热。对于与我们家一路之隔的敬老院中那些非亲非故的鳏寡孤独，母亲也充满同情，与这些老人常有往来。母亲宽厚，当年因族人欺凌，我们家被迫从原来居住的村子里迁居出来，变成了单家独户。几年后，母亲跟没发生这事一样，照样与当事人谈笑往来，没有在后辈子孙中留下任何阴影。

母亲教子有方。母亲虽然只上过几年学，但明大理、有教养、讲规矩、守本分。打小时候母亲就教导我们，要孝顺长辈，帮助弱小，兄弟姐妹之间要相互关爱、相互帮助，要行正、心善，要勤奋、上进，不得惹是生非，不得贪占便宜。母亲总是想着照顾父亲、照顾孩子们，很少考虑她自己。我们10口人的大家庭，因为贫穷，平常生活中基本上每餐只炒一个菜，饭也是不能敞开来吃的，打小我们就养成了看菜吃饭的习惯，盛饭时、夹菜时都是想着一大家子，自己多盛了、多夹了就意味着家里其他人不够吃了，以至多年后，生活条件彻底改善了，我也不习惯让自己贪吃，总是适量吃饭。母亲每餐都是最后一个吃饭，每次都只能吃大家剩下的冷饭冷菜。邻里小孩之间发生争执矛盾时，母亲总是第一时间跟别人家赔不是，先批评自己的孩子，回到家里再行说理教育。我印象中，母亲是极少打小孩的，父亲有时发急体罚小孩时，每次都是母亲把孩子们紧紧地护在身后，待风头过了，父亲消气后，母亲就会对小孩子再来一番说服教育。父亲年轻时，因家庭经济压力大等情况，与母亲偶尔也有吵嘴的事情发生，但母亲从没在子女面前说过父亲的不是，从来都是维护父亲的权威，总是让子女们要体谅和理解父亲的辛苦和不易。母亲不仅养育了我们兄弟姐妹8个，孙子孙女这辈也多得到母亲的照护。我们老黄家勤劳、孝顺、正派、善良的家风传统，很大程度上得益于母亲的言传身教。

母亲疼我、爱我、护我。记得我上小学三年级的时候,我突发奇想要参加升学考试,母亲竟然同意让我去,我稀里糊涂地跑去学校,到最后也没搞清楚应该去哪里考,这大概是我有记忆以来,母亲无条件支持我最早的一件事情。我记得的最好吃的东西,是我小学升初中时,母亲特意留给我吃的一块瘦肉,这一小块瘦肉已经存留了很长时间了,被反反复复蒸煮过好多次了,吃的时候那肉已变得很柴很干,一丝一丝的特别香。我还记得上学时,每次都是母亲提前给我捞起放在灶台旁的那碗米粥、那个红薯。我也记得上学时,周六与同学在水泥球台上打乒乓球,常常要玩到下午一两点甚至两三点才回家,母亲总是把饭菜给我盛好留在锅里,从没过多地责备于我。我记得小时候去砍柴,到了饭点如果还没回家,母亲总是要走上一两里路来接过我肩上的柴担。我还记得参加工作以后,有一次我得了急性甲肝,住院治疗后在家里休养了一个多月,母亲天天为我单独做菜消毒碗筷,却从不担心这病是否有传染性。在家乡工作十几年后,拖家带口的我想去外地打拼,我知道母亲心里有万般不舍,但母亲还是毫不犹豫地支持我远赴上海。

母亲是父亲同辈族人中最早娶进门的媳妇,所以长辈们一直称呼她为"新人","新人"这一称呼伴随了母亲的一生;母亲是父亲同辈族人中受人尊敬的"嫂子";母亲是子女们心中永远的"家婆"。母亲一生劳苦,在儿女们都已成家立业,子孙满堂，本可安享晚年之时，母亲却突然离我们而去，去得那么意外，走得那么突然，作为母亲的孩子，还来不及报答，来不及尽孝，我甚至没能见上母亲最后一面，母亲就走了，留下我们8个没有了母亲的孩子！17年了，每每想起母亲，涌上心头的是温暖、感激、思念、愧疚……

愿天堂里的母亲吉祥安康！

2021年4月4日清明

# 悼 丽 勤

尊敬的各位领导、各位同事、各位亲朋好友：

2009年5月16日早上6时11分，我挚爱的妻子、我儿慈祥的妈妈温丽勤女士，走完了她36年坎坷多难又丰富充实的短暂人生，永远离开了我们。今天，我们怀着万分悲痛的心情，在这里举行追悼告别仪式，送丽勤最后一程。首先，我谨代表我儿及全家，向今天前来参加仪式的各位领导、各位同事、各位亲朋好友表示最诚挚的感谢！向丽勤患病十几年来，多次探望、热心帮助，以各种方式对丽勤表达关爱、慰问之情的领导、同事、同学、亲朋好友，以及长期以来救治丽勤的医务工作者表示最衷心的感谢！

丽勤是位坚强乐观的人。丽勤患乳腺癌时才二十几岁，十几年来，先后五次手术、数十次化疗放疗，饱受了病痛的折磨，但始终乐观自信，以坚强积极的姿态面对多难的人生，多次成功地战胜病魔，创造生命的奇迹，重返工作岗位，并且在不同的岗位上都有出色的表现。

丽勤是位聪慧上进的人。师范毕业的她，天资聪颖，琴棋书画样样擅长，爱好广泛，全面发展。参加工作后，她先后通过自学考试和函授教育取得了大专及本科毕业文凭。特别是在身体患病之后，自2001年9月起，她仍然以巨大的决心、毅力和勇气，完成了为期3年的大学本科学习，以名列班级前茅的优异成绩顺利毕业。来到上海后，丽勤以积极的心态重返社会、努力融入社会，先后短暂地从事过公司文员、工厂产品成本核算、公司对内对外贸易和小学教育等工作，尽管许多岗位她以前从未接触过，但凭借良好的综合素质和积极进取的精神，她在短时间内迅速成为相关单位的业务骨干，受到领导和同事们的肯定与好评。

丽勤是位和善真诚的人。丽勤尊敬长辈、关心他人、与人为善、乐于助人，是同辈兄弟姐妹中的楷模，在亲朋好友中有良好的口碑。不论是对领导、同事、亲朋好友，还是对学生、员工、素不相识的人，丽勤总是把微笑、友善、真诚、爱心传递给她身边的每一个人。

丽勤是位优秀的教师。自身良好的素质加上她对学生无私的爱心，成就了丽勤在学生中"妈妈"的形象和出色的业绩。在江西时，丽勤是石城县第一小学实验班的班主任兼语文教师，在全国性的小学生作文大赛中，曾荣获优秀园丁奖；在上海，半年多一点的教师工作，指导学生获得上海市小学生作文比赛一等奖，她本人荣获优秀指导奖。每一次病愈后重返讲台,丽勤都以满腔的热情、大爱的情怀和高度的责任感,用心地呵护、培养她的学生,深受学生们的爱戴及学校与家长的好评。直至2006年五一,因癌症晚期全身多处骨转移,剧烈疼痛双腿无法站立,才不得不离开心爱的讲台,离开她深爱着的学生们。

丽勤是位贤惠的妻子、慈祥的妈妈。丽勤与我结婚后,孝敬公婆,友爱姑嫂,相夫教子,勤俭持家。从未干过农活的她,跟着我上山砍柴、担粪种菜,由一位县城里的姑娘变成一位像模像样的农村媳妇,在我们当地传为美谈。丽勤是位仁厚慈祥的妈妈,对小孩疼爱有加,既教儿学知识,又教儿学做人;既重言教,又重身教。

丽勤啊,正值壮年的丽勤啊,你怎么说走就走了呢?你的父母、公公还需要你孝敬,你的儿子还需要你照顾教育,亲朋好友们还想听你豁达开朗的笑声,学生们还想听温老师指导作文呢!丽勤啊,你怎么忍心舍下这么多人,说走就走呢?丽勤,你这么一走,从此以后,有个什么大事小事,你让我与谁商量、与谁交流、与谁去说啊?

5月16日的天,自早晨起就灰蒙蒙的,傍晚六七点钟,我与儿正在自家天井的雨棚下坐着,突然间只听见雨棚上滴答滴答有了雨滴声。我与儿说,你听,你妈妈走了,老天爷都流泪了!随后大雨倾盆一直下到晚上九十点钟,我坐在去接站的车里,滂沱的泪水和着倾盆的雨水一起流淌:丽勤,你怎么说走就这样走了呢？

丽勤啊，你终于解脱了！天堂没有人世间这许多的病痛、烦恼和苦难，自此，天堂多了丽勤这样一位美丽善良的爱的天使！

今天是个阳光灿烂的日子，此时此刻，我想对丽勤说，我们想对丽勤说：丽勤，一路走好！

最后，再次感谢出席今天追悼告别仪式的各位领导、同事以及所有亲朋好友！

谢谢大家！

2009 年 5 月 18 日上午

# 冬 日 暖 阳

今天是冬至,虽然这几天上海的气温很低,但阳光很好,"冬至阳生春又来",春天已经离我们不远了!丽勤,天堂里是四季轮回还是四季如春呢?你也听到春天的脚步声了吗?冬日并不可怕,屋外有阳光就好;寒夜也不可怕,心里充满温暖就好!记得我们曾相互牵手行走在冬日的阳光下,共同期盼着春天的早日到来;在严冬漫漫长夜中,我们相互鼓励、相互温暖,一起迎接一个个黎明的到来。

今天是冬至,今天的阳光很好,可丽勤却已在天堂,没有人陪我一起去晒冬日的暖阳!

今天是冬至,今天的夜最长,可丽勤却已在天堂,没有人相互温暖共同迎接明天的太阳!

今天是冬至,愿天堂里的丽勤沐浴暖阳、幸福安康!

2009 年冬至

# 写给海儿 18 岁成人礼的一封信*

海儿：

  见信好！

  我们父子之间以写信的方式相互交流，已经是好多年以前的事了。记得那时你才四五岁，爸爸离家去南昌读书，你在妈妈的指导下，一笔一画地给我写过好几封信，我每次在给你妈妈写信时也会专门给海儿写封回信。光阴荏苒，转眼之间已过去十几年了，那个当年爸爸妈妈怀抱中的乖巧、听话的小孩子，不知不觉已长大成人了，再过两天，海儿就年满 18 周岁了。18 岁，青春洋溢的年龄；18 岁，激情梦想的年龄；18 岁，也意味着成人了，意味着开始要独立地面对社会、面对生活，并开始独立地为自己的行为、选择承担责任了。作为父亲，我一直为海儿的明理与懂事，也为海儿的聪慧与上进，感到高兴、感到欣慰！作为一个曾经也青春四溢

---

\* 2009 年 12 月，海儿就读的中学举行 18 岁成人仪式，请家长给自己的孩子写一封信，并在成人仪式上作为礼物送给孩子。

的过来人，我想在你们学校举行成人仪式时，以一个大朋友的身份给海儿提几点建议，希望会对海儿今后的人生道路有所帮助。

## 一、要做一个感恩友善的人

一个人来到这个世界具有很大的偶然性，"身体发肤，受之父母"，要感谢父母的养育之恩；文化知识，受之师长，要感谢师长的培养之恩；立身社会，受亲朋好友、同学、同事的关心和帮助，要感恩社会。在海儿成长的过程中，更是受到组织上，受到亲友们、同学们、老师们、领导们真诚的关爱与无私的帮助，海儿是在亲人以及社会的呵护、关爱中长大成人的，对于这些，望我儿铭记于心，并将这种友善关爱之情传递下去，发扬光大，尽己所能帮助他人，关爱他人，回报社会。

## 二、要做一个知足快乐的人

人的一生，确实可以干许多事情，也能通过自身努力，成就一番事业，但相对于世界来说，相对于人类历史的长河来说，人的一生是短暂的，作为一个人是十分渺小的。所以，希望海儿能够选择一份自己喜欢的、有益于他人、有益于社会的职业，知足常乐，不必过于苛求自己，自己觉得开心就好，不要受困于名缰利锁，轻装前进，快乐人生。

## 三、要做一个正直诚信的人

很高兴地看到海儿身上始终有一股正义正直之气。正直诚信是一个人立身社会之根本。18 岁了，意味着海儿将开始独立面对和决断事情了，当然，如果你认为需要，作为父亲，我会继续给你提供一些意见和建议，也会尽我所能为你提供物质上、精神上的帮助。我们这个大家族，会是你最为可靠的坚强后盾，任何时候遇到任何困难时可以向你的兄弟姐妹们寻求支持和帮助。社会是复杂的，也是现实的，充满着机会与挑战，也充满了诱惑和陷阱，要坚守正直诚信的做人原则，说话、处事讲良心，创业立业凭本事，不贪不义之财，不干害理之事，不慕虚名，不说假话。

## 四、要做一个勤勉踏实的人

谋事在人，成事在天。不能因为成事在天，就等着天上掉下馅饼来。俗话说："大财靠命，小财靠勤。"读书求学也好，干事创业也好，都要勤勉踏实，一步一个脚印，一点一点积累起成功的要素要件，就一定能够一步步地接近自己设定的目标，并最终取得成功。要从生活小事做起，从自己身边的事做起，用心做事、踏实做事，平凡琐碎的生活会有滋有味，日常具体的工作也能做出新的境界来，生活不会亏待那些勤奋工作、踏实干事的人，成功也总是属于那些勤勉、坚韧的攀登者。

　　海儿，再过几个月就要面临你人生中的一场重要的考试——高考。你爸爸没能参加一次高考，常感觉有点遗憾，总觉得当年如果去参加高考，也许自己的人生将会是完全不一样的轨迹，即使是这样，爸爸从中专、大专、本科、研究生一路学习过来，通过自己的不懈努力、艰苦奋斗，从一个山区小县来到了上海这个大都市，与当年那些参加高考的同学相比也毫不逊色。所以，对于高考，希望海儿不要有什么压力，努力了就行，不要给自己设定过高的目标，顺其自然，尽力而为就好了。高考复习过程中，海儿多体会、多琢磨点学习的方法，这样不仅有助于这次高考，良好的学习习惯、高效的学习方法将会让你终身受益。其实，人生中时时处处都有考试，只不过除了中考、高考以及学校老师组织的考试会给你打分并告诉你分数，其他时候的考试，人们也会给你打分但没有人告诉你分数。海儿，不必过于关注高考的成绩，但要重视日常为人处世、日常生活工作中在人们心目中给你的那个打分，争取有个不俗的成绩。

　　此外，对海儿有一点具体的小建议：认认真真、一笔一画地把字（包括汉字、数字、英文）写得端正些、俊秀些。你也不要着急，先写得慢一点，横平竖直写得舒展一些，坚持一段时间必有成效。现在虽然用电脑的时间多，但把字写得大方得体也是体现一个人水平的重要方面，千万别等到给女孩子写信、给招聘单位写简历时，因为一手丑字，而被别人小瞧了，那会多郁闷啊，你说对吗？

好了，今天就写这些吧。

祝海儿18岁生日快乐！

祝海儿在今后的人生道路上

健健康康，平平安安！

顺顺利利，快快乐乐！

爱你的爸爸　黄伟林

2009年12月20日深夜

# 父亲对孩子的叮咛

——写给海儿逐梦远方的一封信

海儿：

见信好！

小孩子长大了，父母不可能一直跟随左右呵护照顾，终究是要独立生活的。在你即将离开这个你生活了20多年的家，开始独立生活的时候，老爸有几句话要嘱咐你，希望你好好记取。

一是要勤奋工作。工作是谋生的手段，许多时候工作态度比工作能力重要，要敬重你的工作，认认真真打好自己的那份工。现实生活当中，干活累死的人极少，因各种不满、各种抱怨而被气死的人倒是不少。

二是要认真生活。生活是自己的，是第一位的。要学会自己给自己认真做饭吃，尽量少去外面吃、少叫外卖，即使一个人吃饭，也不要亏待自己，认认真真地给自己做饭吃，是一种生活的态度，也是一种修身养性。要给自己营造一个相对舒适温馨的生活环境，居住的房子不论新旧大小，干净、整齐，反映的是一个人的精神状态，也是对自己的一种尊重。

三是要善待包括自己未来妻子在内的所有家人。不论外面有多大的风浪，家都是你遮风挡雨、放松身心最为安全的港湾。遇到一位愿意走进你的生活，为你生儿育女，陪伴、照顾、厮守终身的妻子，是你这辈子最大的福分，要倍加珍惜，真心善待。家庭是需要用心经营的，家人是最亲密的人，对待家人要多一些包容、体谅、妥协的精神。对于家人应当比对外人更好更宽容，而不是相反。

四是要坚持读书学习。不论从事什么职业，做什么工作，都要下点功夫去学习钻研，自己业务上有"两把刷子"，会让你对工作有更多的选择权。要坚持读书的习惯，不必功利地去读书，多读书、读好书，读着读着，你就跟过去的你不一样了。

五是要养成早睡早起的习惯。身体是自己的，要自己爱惜。年轻时体质好，不要放纵自己的不良习惯，要坚持适度运动，少熬夜，早睡觉。

六是要有一两项积极健康的兴趣爱好。要培养发展自己一两项健康、有趣的特长爱好，这些兴趣爱好可以帮助你打发漫漫人生路上闲散的时间，丰富你的生活和人生体验。

七是要常怀感恩之心。除了父母，这世界上没有人一定要对你好。要多看到别人的好，记住别人对你的好，对于每一个对你好的人都要心怀感激。别人对自己的恩情要铭记于心，自己对别人的帮助要迅速忘记。朋友之间要常联系，亲戚之间要常走动，不能有事有人，没事没人。

八是为人要大气得体。与人为善，助人为乐，被别人需要才会拥有更多的朋友和资源。钱财是身外之物，不要把钱财看得过重，金钱、财物一旦控制权交到了别人手中，就要做好失去的准备，帮助别人只可救急不可救穷，多些雪中送炭，少去锦上添花。

九是不要赋予自己过于崇高的使命。可以设定一些具体的、努力努力能够达成的小目标，这些小目标的实现会增强你的自信，会让你的人生充满成就感。没有什么事情、什么目标是一定要实现、一定要达成的，一切顺其自然，简单随顺，平凡、平淡、平顺就是最好的生活。对于自己做不到、办不了、不能办的事情，要敢于且善于拒绝，以减少不必要的烦恼。

愿健康、平顺、快乐伴随你一生！

你的老爸 黄伟林
2016 年 6 月 25 日

# 相亲相爱　相守相助
——在黄海、佳梅婚礼上的致辞

各位来宾、各位亲朋好友：

大家好！

十分感谢大家来参加黄海、佳梅的婚礼喜宴，共同来见证、共同来祝福他们携手开启人生幸福的新旅程。

黄海生在石城，长在石城，在石城完成了他的小学阶段学业，他是在各位亲朋好友的呵护、关爱、关心下长大的。黄海、佳梅是同一年入读南京师范大学的同学，是两个纯朴、善良的好孩子，是一对相亲相爱的有情人。8年来，他们从相识到相知，从相知到相爱，他们在一起的日子是开心的、快乐的。作为父亲，我由衷地为他们感到高兴，由衷地祝他们幸福！

在今天这样重要的时刻，我想跟黄海、佳梅说几句重要的话：

要保持实诚正直的品行品格。为人要正，待人要诚。仰不愧于天，俯不怍于地，行不愧于人，坦坦荡荡、清清明明、简简单单，才能快快乐乐。

要保持勤劳勤奋的奋斗精神。俗话说："大财靠命，小财靠勤。"无论读书学习，还是上班打工，请把力气舍出去，把汗水洒出去，就一定会有一路的收获。要相信勤能补拙，要相信天道酬勤。

要永葆一颗善良感恩之心。要言善、心善、行善，与人为善，助人为乐。要感恩人生中遇到的每一个人，要善于看到别人的好，记住别人的好，将每一个人对我们的好感铭于心。

希望黄海、佳梅把我们老黄家实诚正直、勤劳勤奋、善良感恩的家风家教传承好、发扬好。

作为父亲，到了我现在的年龄，与所有的父母一样，希望能早点抱孙子，到时候可以跟自己的孙子、孙女讲一讲我自己小时候的故事，讲一讲我自己少年时期、青年时期勤劳勤奋、拼搏奋斗的故事，我期盼着这一天早日到来。

祝黄海、佳梅永远相亲相爱、开心快乐！

祝各位来宾、各位亲朋好友身体健康、家庭幸福、万事如意！

谢谢大家！

2018 年 9 月 30 日中午

# 微 文 心 语

这部分内容有的是来自工作中的片段思考，有的是对日常生活的零星感悟，也有的是读书学习时随手写在书页空白处的眉批感想，还有自己微博微信中的一些即思即感，内容庞杂、天马行空，大都是一鳞半爪的杂感谬见，把这些零星的思想火花、碎片化的心得感悟汇集于此，聊供诸君一笑耳。

# 自 在 读 书

读书,是提升自我成本最低、最便捷、最有效、最合算的投资。书中有先贤圣哲的思想,书中有宇宙天下的奇观。脚步未能到达的地方,文字可以;身体未能到达的地方,心灵可以。读书可以让人思接千载,读书可以让人视通万里。最是书香能致远,腹有诗书气自华。

读书,应多读经(原文、原著),少读论(对经的解读、阐释、演绎)。所有的解释都是解释者的理解,打上了解释者的烙印,并不完全等同于著者的本意。

有事做事,要用心走心;无事读书,应专心静心。干好正事、做好小事、多做善事、不干坏事,读书好、好读书、读好书。

"世界是现实的存在,也是观念的存在""读万卷书,行万里路"都是为了拓展和丰富我们对世界的认知。读书和旅行是我们认识、感知、触摸、体验这个世界的重要途径。看到的、读到的东西越多,经历的、体验的事情越多,人的世界就越丰富、越通达、越智慧。

一个人最大的痛苦是能力跟不上欲望。多读书,可以提升能力、开阔视野、淡泊名利;少欲求,可以消灾、免祸、得自在。

学者非必为仕,仕者常读方优。不管有多大的学问,若不躬行实践,往往成一个"陋儒";不管做多大的领导,若不读书学习,将沦为一介"俗吏"。

学习人文社会科学(自然科学除外),除在象牙塔里读书与师传之外,社会是最好的学校,现场是最好的课堂,实践是最好的教材,人民群众是最好的老师。

为学者,"记得"至关重要,是前提,是基础,记得的东西即使当时不太明了其中的奥妙与深意,但慢慢地终究会知晓其义,明白其理;"晓得"有助于记得,越知晓其义,明白其理,则记得越牢固。如何"记得"?一是先天素质,记忆力是智力的重要组成部分;二是后天培养,科学、刻苦的训练,记忆得法亦能很好地帮助人们记得。一般而言，一个人在孩童时期、青少年时期的记忆力相对更好些，要十分珍惜这段宝贵的时间，下功夫静心地背诵些东西，年轻时记住的一些东西会让人终生难忘、受益一生。

# 工 作 偶 得

做田野调查的学者不应有弱势群体的心态。对于文化持有人来说，做田野调查的学者是窥探者、外来者，让一个窥探者、外来者走进自己的领地、自己的家园，需要赢得文化持有人充分的信任。做田野调查的学者存在弱势群体的心态，这是一种不太正常、不太健康的心态。把文化持有人当成一个对象物，浮光掠影地搞调查，总是隔了一层的，有点儿油与水的关系，这样的调查研究难以真正走进文化持有人的内心。只有与文化持有人真正形成鱼水关系、水水关系，才能有高质量的田野调查，也就不会有弱势群体的心态了。

写文章什么最重要？写文章最重要的是立意，此乃"驭文之首术，谋篇之大端"。一切的一切，是要让人知道你表达的是什么意思，这才是最重要的。"文章以华采为末，而以体用为本。"有些文章本末倒置，不在立意谋篇、传情达意上下功夫，却在追求辞藻华丽、官话套话上动歪脑筋，看似洋洋洒洒，实际不知所云。

演讲发言五要领。一是定位要准，角色清晰，不卑不亢，大方得体；二是站位要高，视野开阔，高位观小事，小处见精神；三是思路要清，观点鲜明，重点突出，有情况、有亮点、有特色、有思考；四是条理要明，逻辑严谨，层次分明，要言不烦；五是表达要畅，从容自信，娓娓道来，侃侃而谈。

在台上讲课、作报告，除向受众传递知识、信息、情况、故事之类外，还要能传递思想观点、理念主张、道理、价值观，有鲜明的态度、严谨的逻辑、清晰的对策，让受众认可、认同、接受、采纳，才是优秀的讲课、报告的题中应有之义。更为高级的状态是，能因此激发和调动受众的兴趣、热情，去践行、去改变、去奋斗。

社会上、团队中头脑清醒、做事干练、会干事、能成事的人，他们是天然的主心骨、带头人，遇上这样的人，要珍惜、追随、支持和助力。

人的一生会遇到许多事，总得做些事，这是任谁也避免不了的。遇事做事的态度和策略，在很大程度上决定着人生的成败。做事，不能犹豫不决，想清楚的事，哪怕条件还不太成熟、离目标还十分遥远，只要开始做起来，行而不辍，则未来可期。大事，应稳办，谋定而后动；小事，需快办，办一事了一事。非办不可的事，马上去办；办不了的事，则坚定且礼貌地拒绝，不要让自己无端地陷入无尽的烦恼之中。

古往今来干大事成大业者，大抵具有以下三方面的特质：一是有激情、有理想，敢于为那远大的目标义无反顾地去拼搏奋斗；二是有韧劲、能耐烦，屡败屡起、久久为功，不气馁、徐图之；三是有信念、走到底，百折不回头，自信且顽强，坚持到最后一刻往往就柳暗花明了。

河南省内乡县衙有一副著名的楹联："得一官不荣，失一官不辱，勿说一官无用，地方全靠一官；吃百姓之饭，穿百姓之衣，莫道百姓可欺，自己也是百姓。"

借此，转赠处级班学员一副对联：

牢记职责使命，地方全靠一官；
保持本色初心，自己也是百姓。

从政为官者，没有担当莫为官，心无百姓愧为官，白天要多想想上联，恪尽职守，勤勉敬业，官员是当地老百姓的一片天；晚上要多想想下联，知足知止，心态平和，离了老百姓，官员啥都不是，老百姓才是官员真正的天。

工作是吃饭谋生的手段，是安身立命的根本，是实现个人价值的平台。要以满腔的热情投入工作，要以积极的态度拥抱生活。就工作而言：一是自己开心快乐地工作。在什么山唱什么歌，打好这份工，自得其乐；二是让别人开心快乐地工作。不添堵、不添乱、不掉链子，多配合、多支持、多补台。就人生而言：一是自己开心快乐地生活，"不如意事常八九，可与语人无二三"，多思一二，少想八九，知足常乐；二是让别人开心快乐地生活，与人为善、帮人急难、助人为乐。

如果一个人不喜欢目前从事的工作，又完全没有办法改变，该怎么办呢？可以努力为那平凡抑或琐碎的工作寻找些意义、赋予些意义，时间长了，或许就会真的喜欢上自己的工作。如果自己都不喜欢自己的工作，自己都看不起自己的工作，别人又怎么可能看得起你的工作，看得起你呢？赋予那平凡的工作以重要的意义，强调你工作的价值，你在社会、家庭中才会显得更重要。

机遇常常在人们不经意间出现，灵光一闪，稍纵即逝。唯有那些永不言弃、向前奔跑、努力奋斗的人，才能揽机遇入怀，与成功拥抱。

怀才不遇，还是遇不怀才？怀不怀才是个能力问题，而遇不遇得上是个概率（机遇）问题。在当今这样一个蓬勃发展的时代，只要有真才实学，又何愁找不到用武之地呢？人生最大的悲剧，不是怀才不遇，而是给了机会、平台，却把握不住、支撑不起，遇不怀才。

世界很大，机会很多，为了让这人世间变得更真、更善、更美，我们需要去努力、去争取、去奋斗。一个人不能只是怨天怨地怨命运，自己却什么都不做。在拼搏奋斗的过程中，永远不要低估了自己的潜力，也永远不要高估了自己的毅力。

## 正 视 苦 难

没有谁的人生是容易的,每个人一生当中都要经历一些磨难、苦痛、幽暗的时期。只要自己不倒,谁也无法把你打倒。生命不息,奋斗不止。

如果苦难选择了你,那就勇敢地正视它、渐次地解决它、不断地超越它。苦难并不是财富,只有战胜了苦难、超越了苦难,苦难才是人生的财富。

有多少人被苦难逼进了死角,低了头、折了腰、泄了气、信了命,也有许多人在苦难中顽强奋起,始终向阳、向善、向上,终有一天把苦难远远地抛在了身后。向阳就会有光,向善就会有爱,向上就能成长。

大千世界、芸芸众生,一个人若想出乎其类、拔乎其萃,不泯然于众人,必定要有知难而进、迎难而上的激情和斗志。

# 看 淡 名 利

　　劳动是财富的源泉,也是幸福的源泉。在这个世界上,有多少人想以自己的劳动能力来换取财富却不可得,还有不少人则因各种情况部分地或全部地丧失了劳动能力,正陷入无尽的苦痛之中。劳动是辛苦的,劳动是光荣的,能辛勤劳动的人是幸福的。

　　挖空心思、巧取豪夺谋来的名利,终究会失去,所以,一开始就没有必要那么自私自利,哪怕积攒下巨量的财富,自己也只是个任期很短的保管员而已。为公共利益、为他人、为社会、为国家、为民族谋利益,才是谋万世、谋永福!

　　官员是一个地方最大的环境,事关一个地方经济社会的发展和民生福祉的改善,官风往哪里吹,社会风气、民风就往哪个方向倒。公生明、诚生信、勤生效、廉生威,官员的责任重大、使命光荣。从政为官者,一要知敬畏。头顶三尺有神明。

要敬畏法纪、敬畏人民、敬畏历史，想问题、做决策、办事情要始终站在人民群众一边，使自己的工作能经得起实践和历史的检验。二要守底线。此心光明少欲求。当官与发财是两条道。底线失守，一失万无，心胸坦荡，无欲则刚。三要算大账，知足常乐心安详。君子爱财，取之有道。官员的社会尊崇是无价的，其劳碌一生的全部奖赏就在于借此最终成为一个什么样的人，要常算这笔大账，切不可贪占不义之财、不法之财。

# 播 下 良 种

播下良种很重要。小的时候、年轻的时候,在一个人的心中播撒下善的、美的、希望的种子,将引导、激励、影响这个人的一生。

生活中常常有人爱耍小聪明、贪小便宜,有些人也确实因此得到了一些实际利益、眼前利益,但他们不知道大利益从来不是靠算计得来的,而是来自一个人的德行。

行善,表面上看是在为他人,但实质上也在为自己。善的言行,会让一个人内心愉悦且安详,这就是对行善最好的果报。

人世间易变的是流俗,不变的是正道。要珍视身边那些真诚守信、良善厚道之人,义为先,信为本,有后福。

公道正派是一种品德、一种精神，更是一种境界。秉公心、重公论，为公道之本；不徇私、不逢迎，乃正派之基。

# 人 生 拾 贝

  青春是用来折腾、尝试、奋斗的。青春有无限可能，青春有许多方向，在与现实的碰撞磨砺中青春终将逝去，回过头来想想，青春真好！年轻真好！

  青春易逝，刹那芳华。不论你曾经历过什么，不论你是否年少，都愿现在的你仍是你年少时喜欢的样子。

  人生是个过程，唯有奋斗不息才可能有所成就。人生又很短暂，能改变的东西、能达成的事情很少。所以我们既要奋斗不息，又要顺其自然。

  生活不易、人生不易！但天无绝人之路，总会给人留一线生机，熬过去，干出来，总有柳暗花明的时候。

  人生如歌，我们每一个人都应努力把自己的人生演绎成一首欢乐的歌。只要我们把心胸放大、把目光放远，用慧眼去观察，用慧心去体悟，欢乐其实一直都在！

人生在世，在需要别人帮助的时候，千万别逞强硬撑，要勇于低头，主动寻求别人的帮助，这没有什么好丢人的。要学会求助、适时求助、善于求助，但不能事事都求助，更不能见谁都去求，要求那对的人、求那能解决问题的人。一个人不能有事有人、无事无人，要对每一位帮助过自己的人心怀感激，重情重义、念恩感恩。

如果要为人生寻找些意义，那就是作为整体的人类，共同将人类的基因传递下去。作为个体的人，是否让这世界变得更真、更善、更美好了那么一点点。

孤独是人生的常态，有的孤而不独，有的独而不孤。人的内心如果丰富强大、超然淡定，就不孤不独。"举杯邀明月，对影成三人""相知无远近，万里尚为邻""但识琴中趣，何劳弦上声"，这样一些有趣的灵魂何来孤独一说。

苦熬不如苦学苦干，自助者终会出头。年轻时苦一阵子，可能换来幸福一辈子；年轻时逃避苦一阵子，结果可能就是苦苦挣扎一辈子。

没有人是轻轻松松就取得成功的,光鲜背后都有艰辛。"要想人前显贵,必在人后受罪。"看不见的付出,决定了看得见的高度。

做人,还是老老实实的好,要坚持做一个厚道、长情、靠谱的人。那些看起来常吃亏、肯吃亏的人,其实终究是不吃亏的。那些不想吃亏、计较吃亏、害怕吃亏的人,表面上看起来每次都没吃亏的人,最终可能吃了大亏,吃了一辈子的亏。

天地很宽,世界很大,没有什么过不去的坎,一切都会过去的,请温柔平和地与这个世界相处!读一读、放一放、静一静、让一让,让自己每天都有好心情。

与人交往、与人相处要舍得,有钱舍钱,无钱舍力。大度、大方、大气的人,勤快、用心、不惜力的人,大家都喜欢。没有舍,哪有得。

微笑是人世间最美的风景,传递着温暖、快乐、自信和力量。面带微笑,世界也会对你微笑。

林肯曾说,你可能在某个时刻欺骗所有人,也可能在所有时刻欺骗某些人,但不可能在所有时刻欺骗所有人。即便一个人瞒天过海在所有时刻骗过了所有人，却始终无法骗过自己，任谁也无法逃过自己心灵的追捕。待人处事但求无愧我心，心宽是途，心安是福。

做任何事、说任何话，都要想着天上有一双明亮、深邃、有穿透力的眼睛在看着我们。

会说话，能把话说得漂亮，是一种本事；学会沉默，懂得沉默，是一种体面。沉默是态度、是力量、是境界、是修行，学会沉默是一种情商和智慧，善于沉默是一种善德和修养。

说话、处事沉静些、沉稳些，再沉静些、再沉稳些，事缓则圆、人缓则安，没有什么大不了的事，时间会消解许多问题。

让孩子从小多些见识、多些经历，长大后遇见各种场面，不怯场、不贪恋，有分寸、有教养。享得了福，吃得下苦，嚼得菜根香。

"靡不有初，鲜克有终""初心易得，始终难守"。人在起心动念时的那一念，把它锚住了、锁定了，就是人们说的初始之心、赤子之心，即初心。坚守初心，做有恒之人；涵养初心，做有德之人；践行初心，做有为之人。

人生的路很长，是场马拉松式的长跑，不用那么急吼吼地往前赶，有时放缓脚步，辨别一下方向，也许比急切地赶路更加有意义。

问题是时代的声音，是实践的起点，每个时代都有属于那个时代需要面对的问题。科学地认识、准确地把握、正确地解决这些问题，社会才能不断发展进步。

环境对于一个人的成长十分重要。一般认为，小时候所处的环境对于一个人的成长很重要，所以才有孟母三迁。其实，一个人成年之后，离开学校，初入社会，进入什么样的单位，遇上什么样的同事，对于这个人一生事业的发展影响非常大，许多家长对于这一点尚未引起应有的重视和关注。

人们普遍具有追求"确定性"的偏好，但过度追求"确定性"会限制人的"可能性"。有时让渡一部分"确定性"，增加一些"可能性"，或许会有意想不到的收获。

# 后　记

　　本书收录的文章时间跨度长达 25 年，其中既有万字长文，也有仅数十字的微文心语，这些文章是我中青年时期留下来的一些印迹与路标，是我前半生的心得、感悟与思想的精华。这本书不是先确定主题，拟定框架结构，再动笔撰写的，而是足印已经在那里了，文章也早已写就了，就如那人生的路已经一步一步地走过来了，但如何把这些散乱的印迹、文章整理成一个集子，使其大体上逻辑自洽，有个隐约可见的主题主线，却是件颇费思量的事情。人生的每一步都算数，都在书写自己个人的历史，但不论一个人有多厉害，抑或如我这般普普通通，最终都是历史的过客。尽管如此，每一个人在学习、工作、生活的各个阶段，不论顺逆、得失、贫富，在什么山就唱什么歌，拿到什么角色就演好什么角色，都要认认真真地过，倾情倾力地演，都应折腾一把，拼搏一回，书写好自己的人生答卷，为所当为，心安是福。这或许就是隐隐约约贯穿于这本书的一条主题主线。

在本书的编写过程中，我曾经的同事徐欢、李健、黎明琳提出了宝贵的建议，我在宁都师范学校读书时的同班同学黄文虎老师为本书作序，上海社会科学院出版社的同志们对本书稿进行了认真细致的策划、审校等工作，谨向他们致以诚挚的谢意！

黄伟林

2025 年 2 月 15 日

图书在版编目(CIP)数据

飞鸿踏雪 心安是福：从琴江到申江的岁月 / 黄伟林著. -- 上海：上海社会科学院出版社，2025.
ISBN 978-7-5520-4729-5

Ⅰ．I217.2

中国国家版本馆CIP数据核字第2025MK2271号

## 飞鸿踏雪 心安是福
### ——从琴江到申江的岁月

| | |
|---|---|
| 著　　者： | 黄伟林 |
| 责任编辑： | 沈明霞 |
| 封面设计： | 裘幼华 |
| 出版发行： | 上海社会科学院出版社 |
| | 　上海顺昌路622号　邮编200025 |
| | 　电话总机 021－63315947　销售热线 021－53063735 |
| | 　https://cbs.sass.org.cn　E-mail:sassp@sassp.cn |
| 排　　版： | 南京展望文化发展有限公司 |
| 印　　刷： | 上海万卷印刷股份有限公司 |
| 开　　本： | 710毫米×1000毫米　1/16 |
| 印　　张： | 16.5 |
| 插　　页： | 4 |
| 字　　数： | 168千 |
| 版　　次： | 2025年6月第1版　2025年6月第1次印刷 |

ISBN 978－7－5520－4729－5/I・570　　　　　定价：86.00元

版权所有　翻印必究